楚辭要籍叢刊

主編 黄靈庚

楚辭新注求確

【清】胡濬源 撰
宋清秀 點校

上海古籍出版社

本書爲「十三五」國家重點圖書出版規劃項目

本書爲二〇一一—二〇二〇年國家古籍整理出版規劃項目

本書爲二〇一九年國家古籍整理出版資助項目

本書爲浙江師範大學中國語言文學一流學科建設成果

本書爲教育部人文社會科學規劃基金項目成果

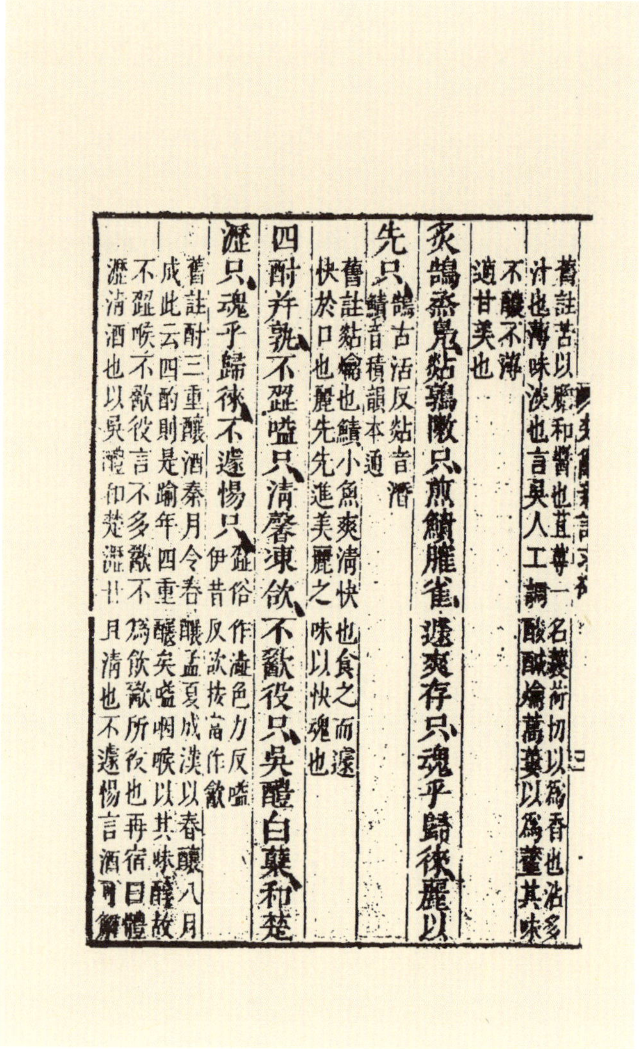

楚辭新注求確 三
舊註苦以膽和醬也苴蓴一名蘘荷切以為香也沾多
汁也薄味淡也言吳人工調酸鹹□蒿蔞以為虀其味
不醲不薄
適甘美也
炙鴰烝鳧煔鶉敶只煎鰿臛雀遽爽存只魂乎歸徠麗以
先只 鴰古活反煔音潛鰿音積韻本通
舊註煔爚也鰿小魚爽清快也食之而遽
快於口也麗先先進美麗之味以快魂也
四酎并孰不歰嗌只清馨凍飲不歠役只吳醴白蘗和楚
瀝只魂乎歸徠不遽惕只 歰俗作澁色力反嗌伊昔反歠拔當作歠
舊註酎三重釀酒秦月令春釀孟夏成淡以春釀八月
成此云四酎則是踰年四重釀矣嗌咽喉以其味醇故
不歰喉不歠役言不多歠不為飲歠所役也再宿曰醴
瀝清酒也以吳醴和楚瀝廿月清也不遽惕言酒可解

清嘉慶二十五年務本堂刊本《楚辭新注求確》書影

楚辭要籍叢刊導言

黃靈庚

楚辭首先是詩，與詩經是中國詩歌史上的兩大派系，好比是長江與大河，同發源於崑崙山，然後分南北兩大水系。大河奔出龍門，一瀉千里，蜿蜒於中原大地，孕育出帶上北國淳厚氣息的國風；而長江闖過三峽，九曲十灣，折衝於江漢平原，開創出富有南國絢麗色彩的楚辭。「楚辭」這個名稱，始於漢代，是漢人對於戰國時期南方文學的總結。「楚辭」既指繼承詩經之後，在南方楚國發展起來的新體詩歌，標誌着中國文學又進入了一個輝煌的時代；又是中國詩歌由民間集體創作進入了詩人個性化創作的時代，而屈原無疑是創作這種新歌體的最傑出的代表，創造出了「驚采絕豔，難與並能」的離騷、九歌、天問、九章、遠遊、卜居、漁父等不朽的名作。

屈原的弟子宋玉、景差及入漢以後的辭賦作家，承傳屈原開創的詩風，相繼創作了九辯、招魂、大招、惜誓、招隱士、七諫、哀時命、九懷、九歎、九思等摹擬騷體之作，被後世稱之爲「騷體詩」。據説是西漢之末的劉向，將此類詩賦彙輯成一個詩歌總集，取名爲「楚辭」。再以後，東漢王逸爲劉向的這個總集做了注解，這就是至今還在流傳的王逸楚辭章句十七卷的本子，是現存的最早的楚辭文獻，也是我們今天學習楚辭最好的讀本。

「楚辭」之所以名「楚」，表明了所輯詩歌的地方特徵。宋黄伯思業已指出：「蓋屈、宋諸騷，皆書楚語，作楚聲，紀楚地，名楚物，故可謂之『楚詞』。若些、只、羌、誶、蹇、紛、侘傺者，楚語也；頓挫悲壯，或韻或否者，楚聲也；沅、湘、江、澧、修門、夏首者，楚地也；蘭、茝、荃、葯、蕙、若、蘋、蘅者，楚物也；他皆率若此，故以『楚』名之」。其雖然説出了「楚辭」所以名「楚」的緣由，而没有進一步指出名「辭」的來歷。辭，也可以寫作「詞」。楚辭詩句之中都有感歎詞「兮」字。這個「兮」字，古人統歸屬於「詞」，古音讀作「呵」，是最富於表達、抒發詩人的情感的感歎詞。這也是楚辭句式的顯著特點。「楚辭」之又所以稱「辭」，是與用了這個「兮」字有關係。

楚辭的句式比較靈活，四言、五言、六言、七言不等，參差變化，不限一格，一改詩經以四言爲主的呆板模式。詩經的篇章結構以短章重疊爲主，短則數十字，長則百餘字，内容相對單一，只截取生活中一個片斷，無法敘述比較複雜、曲折、完整的故事。楚辭突破了這個局限，像離騷這樣的宏篇巨製，洋洋灑灑，三百七十三句，二千四百九十字，至今仍是最偉大的浪漫主義抒情長詩，表現了詩人自幼至老、從參與時政到遭讒被疏，極其曲折的生命歷程；撫今思古，上天入地，抒瀉了在較大時空跨度中的複雜情感。從音樂結構分析，楚辭和詩經一樣，原本都是配上音樂的樂歌。詩經只是一遍又一遍的短章重複演奏，而楚辭有「倡曰」、「少歌曰」、「重曰」，表示樂章的變化，比詩經豐富得多。最後一章，必是衆樂齊鳴，五音繁會，氣勢宏大的「亂曰」。

楚辭的地方特徵，不僅僅是詩歌形式上的變化和突破，更重要的在於精神內容方面的因素。南國楚地三千里，風光秀麗，山川奇崛，楚人既沾濡南國風土的靈氣，又秉習其民族素有「剽輕」的遺風，陶鑄了楚人所特有的品格。楚辭更是「得江山之助」，在聲韻、風情、審美取向、精神氣質等方面，無不深深地烙上了南方特色的印記，染上了濃厚的「巫風」、神怪氣象，動輒駕龍驂鳳，驅役神鬼，遨遊天庭，無所不至。至其抒發情感，激越獷放，一瀉如注，較少淳厚平和的理性思辨，和中原文化所宣導的「不語怪力亂神」、「温柔敦厚」風氣比較，確實有些區別。

屈原是一位富於創造精神的文化巨匠，他置身於大河、長江的崑崙源頭，俯視於南北文化交融的臨界綫。一方面既保持着楚人特有民族性格，自强不息的精神面貌，富有想象的浪漫情調；另一方面又廣泛吸取、融會中原的理性思想，繼承詩經的道德傳統精神。故而在他的作品中，儘管有大江兩岸、南楚沅湘的旖旎風光、濃豔色彩，但幾乎不曾提到楚國的先王先賢，而連篇累牘的都是爲中原文化所公認的歷史人物：堯、舜、禹、湯、啓、后羿、澆、桀、紂、周文王、武王、皋陶、伊尹、傅説、比干、吕望、伯夷、叔齊、甯戚、伍子胥、百里奚等。在屈原的神話傳説中，除九歌中的湘君、湘夫人、山鬼三篇外，像太一、雲中君、東君、司命、河伯、女岐、望舒、雷師、屏翳、伏羲、女媧、虙妃等，都不是楚國固有的神靈，也没有一個是楚人所獨有的神話故事。離騷開頭稱自己是「帝高陽之苗裔」，高陽是黄帝的孫子，其發祥之地，在今河南省的濮陽，不也是中原人的先祖嗎?·總之,楚辭是承接詩經之後的一種新詩體,二者同源於大中華文化,是不能割切開來的。更不能説,楚辭是獨立於中華文化以外的另一文化系統。如果片面强調楚辭的地域性、獨立性,也是不妥當的。

楚辭對於後世文學創作的影響是非常巨大的,像司馬遷、揚雄、張衡、曹植、阮籍、郭璞、陶淵明、李白、杜甫、李賀、李商隱、蘇軾、辛棄疾等各個歷史時期的名家巨子,沿波討源,循聲得實,都不同程度地從屈原的辭賦中汲取精華,吸收營養,形成了一個與詩經並峙的浪漫主義傳統的創作風格。在中國文學史上,後世習慣上説「風、騷並重」,指的是現實主義和浪漫主義的兩大傳統精神。由此想見,屈原對於中國文學的偉大貢獻是無與倫比的,屈騷傳統精神更是永恒不朽的。

正因如此,研究中國詩學,構建中國文學史及中國文化史,楚辭無論如何是繞不開的。而讀楚辭、研究楚辭,必須從其文獻起步。據相關書目文獻記載,自東漢王逸楚辭章句以來至晚清民初的兩千餘年間,各種不同的楚辭注本大約有二百十餘種。綜觀現存楚辭文獻,大抵以王逸章句與朱熹集注爲分界:在朱熹集注以前,基本上是承傳王逸章句,而明、清以後,基本上是承傳朱子集注。由我主編且於二〇一四年國家圖書館出版社出版的楚辭文獻叢刊,輯集了二百〇七種,應該蒐録的注本,基本上已彙輯於其中了。遺憾的是,由於這部叢書部帙巨大,發行量也極有限,普通讀者很難看到。且叢書爲據原書的影印本,没作校勘、標點,對於初學楚辭者，尤爲不便。

有鑑於此，我們與上海古籍出版社合作，從中遴選了二十五種，均在楚辭學史上具有影響，爲楚辭研究者必讀之作，分别予以整理出版，滿足當下學術研究的需要，而顔之曰楚辭要籍叢刊。其二十五種書是：漢王逸楚辭章句，宋洪興祖楚辭補注，宋朱熹楚辭集注，宋吴仁傑離騷草木疏，清祝德麟離騷草木疏辨證，宋錢杲之離騷集傳，明汪瑗楚辭集解，明陸時雍楚辭疏，明周拱辰離騷草木史，明陳第屈宋古音義，明黄文焕楚辭聽直，清林雲銘楚辭燈，清王夫之楚辭通釋，清丁晏楚辭天問箋，清蔣驥山帶閣注楚辭，清戴震屈原賦注附初稿本，清胡濬源楚辭新注求確，清陳本禮屈辭精義，清劉夢鵬屈子楚辭章句，清朱駿聲離騷賦補注，清王闓運楚辭釋，清馬其昶屈賦微附初稿本屈賦哲微，日本西村時彦楚辭纂説、屈原賦説，日本龜井昭陽楚辭玦等。參與點校者，皆多年從事中國古典文獻研究、尤其是楚辭文獻研究，是學養兼備的「行家裏手」，其對於所承擔整理的著作，從底本、參校本的選定，出校的原則及其前言的撰寫等，均一絲不苟，功力畢現，令人動容。但是，由於經驗、水平不足，受到各種條件限制（如個别參校本未能使用），且多數作品爲首次整理，頗有難度，因而存在各種問題，在所難免，其責任當然由我這個主編來承擔。敬請讀者批評指瑕，便於再版改正。

前言

宋清秀

胡濬源（一七四八—一八二四）字甫淵，號乙燈，江右分寧人。乾隆四十二年丁酉（一七七七）舉人，五十二年丁未（一七八七）中選，先後官商水、考城、新鄭知縣。嘉慶三年（一七九八）致仕後，以培植後進自任，曾執教於梯雲書院、鎮興書室、樹春山房、毓芝齋。子六人，二子爲諸生。道光義寧州志卷三十二、同治義寧州志卷二十三、同治南昌府志卷四十五均有傳。義寧州志載胡氏生平較詳細，言其遇事能斷，但淡於仕進。

濬源著述頗豐，道光義寧州志載其「所著有飲墨時藝三卷、斗酒篇二卷、楚辭新注求確十二卷、霧海隨筆十六卷、隨遇草二卷行世。嗣刊者韓集五百家注旁參闢謬四十卷、雜文十二卷、豫小風六卷、秫田集十四卷、尚友集十卷、鐵拍集一卷、外集六卷、志稿四卷、遺忠録二卷、歷代經籍注疏目録四卷，皆藏於家」。濬源所著樹春山房詩文全集，現有道光十一年（一八三一）翼紹堂刊本，共五十四卷：首一卷、斗酒篇二卷、隨遇草二卷、豫小風六卷、秫田集十八卷、尚友集六卷、鐵拍集一卷、雜文十卷、外集二卷、纂修州志稿四卷，末附行述一卷，現藏於日本國立國會圖書館。纂修州志稿四卷，乃應知州方訒庵所請，於道光二年壬午（一八二二）始撰，道光四年甲申（一八二四）冬成。曾暉春道光義寧州志序云：「爰延前明府胡乙燈、孝廉冷芝田、查漁莫司載筆事。胡以年耄辭，出所擬稿商訂。」冷玉光序云：「是役也，以詡庵志爲底本……芟繁訂訛十之二三，補闕拾遺十之四五。」此志稿四卷單行本目前藏於湖南圖書館。霧海隨筆有清嘉慶二十五年（一八二〇）務本堂刊本，藏於中國國家圖書館、日本立命館大學圖書館。

楚辭新注求確爲清季楚辭文獻名著，濬源自述其成書經過，「邇來謝病，家塾課暇，注韓集五百家注旁參，後見兒輩案頭又有近時王遜直（萌）同姪帶存（遠）所注楚辭評注十卷，因取閱之。隨閱隨批，不覺竟其卷」，故可知胡氏求確係以楚辭評注爲藍本，其所曰「舊注」，大抵從王氏評注本出。求確卷前有自序、目録、舊目録序、凡例。正文十卷編次如下：卷一離騷，卷二九歌，卷三天問，卷四九章，卷五招魂，卷六卜居、漁父。以上七題二十五篇，皆屈子所作。卷七九辯，宋玉所作。卷八大招，景差所作。卷九遠遊，漢人擬作。卷十皆漢人所作：惜誓（闕名）、弔屈原、服賦（二篇賈誼）、招隱士（淮南小山）。以上七題十五篇。雖求確之書本於王萌楚辭評注，但二書篇次不同。王萌認爲屈原作品爲二十六篇，篇次如下：卷一離騷，卷二九歌，卷三天問，卷四九章，卷五遠遊，卷六招魂，卷七卜居、漁父。以上八題二十六篇，皆爲屈子所作。卷八九辯，宋玉所作。卷九大招，景差所作。卷十皆漢人所作：惜誓（闕名）、弔屈原、服賦（二篇賈誼）、招隱士（淮南小山）。以上凡六題十四篇。王氏論曰：「九章、遠遊，或謂辭人所擬，非是。招魂，王逸諸本俱謂宋玉作；遷史以爲原作，劉勰論亦同，玩其氣調，良是。今以繫之屈原。」又曰：「惜誓，王逸以來謂賈誼作，亦無明據；其不載弔屈原、鵩鳥二賦，亦非。王本又有東方朔七諫，王襃九懷，劉向九歎，及逸所作九思，晦翁謂『詞氣平緩，無病呻吟』，不當以累篇帙，俱删去。」「莊忌哀時命，填寫成語太多，余亦删去。」胡濬源求確之目大多依王萌舊本序，將九章繫之屈原，但認爲遠遊非原作，故列於大招之後。胡濬源曰：「史明謂讀招魂、哀郢，又謂作懷沙之賦。哀郢、懷沙俱在九章内，則招魂與九章皆原作可知。」「二十五篇之數，有招魂則無遠遊，有遠遊則無招魂，必去一篇，其數乃合。大抵遠遊之爲辭人所擬，良是；細玩其辭意亦然。餘辨另詳後遠遊篇。」「舊本列原作二十六篇，不合漢志二十五篇之數。今摘遠遊一篇列大招後，餘篇仍依舊本。」

胡氏凡例七條，大略言其讀楚辭之法：稱當須「求其脈絡之貫通」，而「求之免至逐字尋照」；稱注騷當詳，注天問當略；稱九歌皆爲女倡（女巫）歌詞，非祭禮雅樂；稱求騷之承接轉摺章法，當在明意。他認爲歷代楚辭注家「或專疏其辭，或渾括其指，或牽於古而曲爲之説，遂致有累複扞格，齟齬不合，揆之情理，不安不確者」，因此「求楚辭於注家，不若求之於史傳；求之於史傳，不若求之於本辭爲確也」。濬源謂九章「皆離騷餘韻，即可作離騷注脚」，即是「求之於本辭爲確」。其解九章在於發明微旨，即以史證屈、引屈互證。惜誦「所非忠」注云：「指天爲正，觀此益知疏後使齊而反，必有多少讒言力諫不傳於外者，激怒懷王、子蘭，故遂致放，而作騷也。」哀郢「亂曰」注云：「史遷所以『悲其志』也。亂辭全是不忘欲反。」惜往日注云：「此篇足考屈子疏、放、賦騷之前後。」「君含怒」注云：「史所謂『王怒而疏』。」皆是據史傳以爲解者也。惜誦「懲熱羹」一章，注云：「上二句即離騷『悔相道』之旨，下二句即巫咸『不用夫行媒』之旨。」又，惜往日「妬佳冶」一章，注云：「即此可見古人以美女自比，不以比君也。此即上離騷篇之娥眉。」即是以屈注屈，求其内證。胡氏以評點之法解哀郢一篇，「總是不忍舍故鄉」，且著眼於「哀」字，頗有思致。如，「去故鄉」云：「初就道之哀。」又，「哀見君而不再得」云：「違君而哀。」又，「顧龍門」云：「離郢之哀。」又，「焉洋洋」云：「舟行之哀。」又，「將運舟」云：「中路之哀。」又，「哀故都」云：「漸遠之哀。」又，「登大墳」云：「回首之哀。」又，「當陵陽」云：「由東遷、西浮至南渡之哀。」又，「江與夏」云：「既遠之哀。」又，「忽若去」注：「遠而既久，哀益深矣。」語雖寥寥，而大旨已明，亦可謂善讀騷者。

胡氏論九歌最具心解處，即「九歌是代女巫口氣，歌以媚神」說。云：「玩末章『姱女倡』句，自知女倡即巫。若朝廷典禮，當有工祝，不當任之女巫。蓋女巫媚神，自上古歷夏、商以來，久已成俗。商書伊訓曰：『敢有恒舞于宫，酣歌于室，時謂巫風。』周初大姬封陳，好巫覡歌舞，其民化之，故陳風有宛丘之章。其風只在民間，不惟楚沅、湘。而沅、湘尤甚且鄙，屈子特借其詞，文之以寄意耳。」大要謂巫風足亡國，因之感觸。古之巫風有舞，然亦有歌詞乎？胡氏復云：「齊書禮志，何佟之議引周禮『女巫旱暵則舞雩』，鄭玄注：『使女巫舞旱祭。』鄭衆云：『求雨以女巫。』佟之又云：『今之女巫並不習歌舞，方就教試，恐不應速。』則古女巫之有歌，歌有詞。九歌之爲歌詞也明矣。顧從來注家誤以爲樂章，何哉？」以九歌十一篇皆爲女倡媚神歌詞，非朝廷祭祀典禮樂章。則「予」、「汝」乃倡巫與所娛之神間互動，雖「女倡」歌詞，原爲宮庭祀神之樂之旨猶傳，亦有可取之處。

胡氏論騷異於他者，乃在考辨屈子作騷之年，而定於屈子遭放之後。乃云：「太史公自序固已明曰：『屈原放逐，著離騷。』又報任安書曰：『屈原放逐，乃賦離騷。』漢志：『屈原被讒放流，作離騷諸賦以自傷悼。』則楚辭皆既放後作也。從來注家以離騷爲見疏懷王而作，九歌以下乃見放於頃襄而作，是泥史記文前後執而分之，故往往使此篇離憂忠悃大旨不亮，而其文義遂覺往返複疊，脈絡不貫；且情既乖戾，理道亦扞格。不知離騷一篇，史記傳原於王之怒而疏後即接作此，重是篇也。故極贊之『與日月争光』，然後再補序既絀後楚事，以見原之忠，而復曰『既嫉之』，與前『疾王』遥接，即又曰『雖放流，睠顧楚國，一篇三致意』云云。作騷當在此時，史筆不過急所重而先之耳。讀者不察，遂認爲未放時作。不知篇中，一則曰『依彭咸遺則』，再則曰『從彭咸所居』，是明矢志汨羅矣。假不放於江南，將安能預爲此語乎？如申生、召忽、荀息之死，豈必定要在水乎？若泥史文字句，則懷沙畢命，即遷即死，何以自既放直至哀郢九年後乎？且方纔一疏，疏後絀，尚使齊，返尚諫王勿入秦，何至遂爾誓死懟憤，寧非悖悖？要之篇中『濟沅湘南征』及亂詞『何懷故都』，便知既放後作。史稱『令尹子蘭聞之大怒』，聞其作離騷等篇也。卒使上官大夫短屈原於頃襄王，頃襄怒而遷之，則既放又遷之，使益遠耳。細玩九章惜往日篇辭，史傳原事，正與之相符，即可考屈子賦騷之前後、疏與放年歲，楚世家可互考。」其以騷作於放後而非作於疏後者是也。又疏理原傳敘事次第，謂史遷重騷，故先置之疏後云云，甚得史遷敘事之旨。且舉騷「濟沅、湘」，以爲作於放後之證據，即所謂「求之於史傳，不若求之於本辭爲確」者矣。然史遷、班氏皆以爲屈原放逐而賦騷者，騷非僅離騷一篇，蓋統括原二十五篇也。胡氏據是以定騷之作時，斷之明矣。

離騷求帝、三求女及遠行西海等章節最爲難解，古來聚訟紛如，莫衷一是。胡氏以爲離騷大旨，即「史遷『冀君之一悟，俗之一改』，兩言盡之矣」。乃於上下相承間稽鈎「悟」、「改」微旨。其同李安溪比求賢說。騷之上下求索，謂「求可告訴之路也」。蓋承陳詞一節，「古聖亦不爲之可否」，且再求可告之門，「只得上訴於天」也。又，「忽反顧以流涕」，稱「是轉關脱卸語。前『忽反顧遊目』，既由悔相道之不可反，逼到觀四荒。此『忽反顧流涕』，又從四荒上下無可求索，逼到求賢一策，故接以哀高丘無女」。以「無女」況無賢，而後啓下三求女皆以比求賢也。若高丘比楚廷，則春宫比嗣君；「相下女之可詒」，則「指頃襄之臣，如黄歇、昭睢輩」，意謂「楚大臣既無賢，且求之太子舍人等官」。始求虙妃之不遂，「此指敵國之賢不可求。觀窮石、洧盤，地在西北，意指秦人。天問篇夷羿妻雒嬪，故以比秦人。如張儀之徒。兼相秦、楚，才而詐者也。下驕傲淫遊，顯指此輩」。次求簡狄之不遂，以比求列國之賢不成，謂「此指他邦之賢已事有主，不能求者，如六國之士甯越、徐尚、蘇秦、杜赫等。下鳳凰受詒，高辛先我自明」。終求二姚，比「求本國未仕之賢」，謂「遠集無所止，不如隨處求之。此指未仕在野之賢，恐亦非其君不仕，如漁父、弋人、莊周之隱。少康，夏后相子，帝高陽氏之後，楚與同出，故以指本國。未家，言未聘」。然「未仕之賢不肯出，則無可求矣」。接下占氛，而氛告以遠逝求女，猶比求賢；巫咸告以待時求君，謂「若以爲不得於懷，且須求之於襄」。而屈子不從咸告而從氛遠逝自疏者，是「靈氛主求女，是急於俗之改。巫咸主求君，是重於君之悟。然俗不改，小人蔽之，君卒不可得悟。故始終還念靈氛之言」。於是末段「專言周流，不復有求」。然則其「知滅楚者，秦也。故周遊乎天，亦一路西往，而不及東南。迨陟陞皇之處，乃回首南睨舊鄉，至此竟住，無限深憤」。胡氏說騷下篇如是，以女比賢，見其說繫乎上下文，一貫相接。雖以虙妃比秦之賢士，簡狄比他國之賢，二姚比未仕之賢，似嫌牽合，但亦可自爲一解。

胡氏此書之旨，在於「求確」，即求文詞之意旨。如離騷「美人遲暮」注云：「言又爲君惜時也。美人指君，亦不專指君，凡賢皆是。篇中內美、保美、信美、蔽美、兩美、求美、埕美、委美，又委美，終以美政，美字公用也。詩之『西方美人』，亦非定是美女。惟美人誤作女解，遂致後求女俱誤解矣。不知臣道、婦道，同屬坤體；君自屬乾。屈子以婦道擬君，豈非不倫乎？且後文虙妃、簡狄、二姚等，若指君，何不直言羲皇、帝嚳、少康乎？」又，思美人注云：「楚辭多是以美人指君，以女自比。蓋美人不定是女，如聖人、賢人、善人、大人之稱，可以比君，亦可以自比。故末章又自謂佳人，佳人即美人。後世以美人、佳人稱女，習用故然，古人並不專屬也。不然美男子、美丈夫及佳士等稱，豈男子、丈夫、士不得謂『人』乎？從來注皆以美人爲女者，因其説美人處多及媒理故也。不知媒理亦不專男求女，如鄭忽辭齊婚、懿氏卜妻敬仲之類，女求男，正皆有媒。若男求女，如鄭子晳强委禽，不得已，何難自致。大槩君求臣易，臣求君難；男求女直，女求男不能徑達。屈子以美人比君，而以女自比，情更深而文更雋。」其辨騷之「美人」是男是女，庶幾已無餘藴。

偶或品文譚藝，雖不多見，而見識殊精。如招魂「高堂邃宇」注云：「逐層鋪陳綺麗，此兩京、三都賦之祖也。」卜居云：「此客難、解嘲、答賓戲之祖也。」意謂漢之賦，源自屈賦。劉勰嘗云：「衣被詞人，非一代也。」於此得其驗證。

楚辭新注求確現有清嘉慶二十五年（一八二〇）務本堂刊本，藏於中國國家圖書館、日本東洋文庫、日本早稻田大學圖書館、日本京都大學圖書館、日本名古屋大學圖書館青木文庫、日本廣島大學圖書館。務本堂楚辭新注求確封頁眉題「嘉慶二十五年刊」；頁面分爲三竪欄，中間題「楚辭新注求確」書名，右題「分寧胡乙燈手著　務本堂藏板」，尤其特別的是左側敘述胡氏著述刊刻情况：「斗酒篇、隨遇草、飲墨時藝板藏家塾；遺忠録、雜文、豫小風、秫田集、尚友集、鐵拍集、韓集五百家注旁參、歷代經籍注疏目録，嗣出；霧海隨筆十四卷，付梓。」頗類廣告。今以此本爲底本，據章句本、集注本所徵引校正，酌情出校。然限於學識鄙陋不精，斷句標點或者校記等有不當失誤之處，在所不免，祈請高明指正。

目録

序*

楚辭注家，傳者自漢王逸章句，後宋有蘇軾校本，洪炎等十五家本，洪興祖補注、考異，朱子集注、辨證，吴仁傑草木疏，明以來各家説楚辭本，國朝蔣驥山帶閣注，蕭雲從離騷圖。此外，又若林雲銘楚辭燈之類，雖多執滯，亦間有所長。諸家詳賅，已無微不搜矣。然原文於經史子外，獨創一格，爲詩之變而賦之祖，字句承轉怳惚，未易確以迹求。後之讀者，以其恢奇奥衍，不得不乞靈於注，而注家或專疏其辭，或渾括其指，或牽於古而曲爲之説，遂致有累複扞格，齟齬不合，揆之情理，不安不確者。如離騷之以女比君，九歌之爲主祭詞，天問之以後出書釋上世不傳之事，如此類，俾千古奇文幾成怪文矣。總之，求楚辭於注家，不若求之於史傳；求之於史傳，不若求之於本辭爲確也。予向甚耿於懷，未及辨也。邇來謝病，家塾課暇，注韓集五百家注旁參，後見兒輩案頭又有近時王遜直同姪帶存所注楚辭評注十卷，因取閲之。隨閲隨批，不覺竟其卷，爰書於額云。時嘉慶二十一年季春月哉生明乙燈老人題。

* 題爲整理者所加。

楚辭注求確目録

分寧胡濬源校定

卷十

惜誓第十一闕名。

弔屈原篇第十二

服賦第十三二篇俱賈誼。

招隱士第十四淮南小山。

以上凡七題十五篇

舊目録序

王遜直

「離騷」下，釋文及史記俱無「經」字，當仍之。九章、遠遊，或謂辭人所擬，非是。招魂，王逸諸本俱謂宋玉作；遷史以爲原作，劉勰論亦同，玩其氣調，良是。今以繫之屈原。九辯、大招，或謂俱原作，非是。惜誓，王逸以來謂賈誼作，亦無明據；其不載弔屈原、鵩鳥二賦，亦非。王本又有東方朔七諫，王褒九懷，劉向九歎，及逸所作九思，晦翁謂「詞氣平緩，無病呻吟」，不當以累篇帙，俱删去。又按莊忌哀時命，填寫成語太多，余亦删去。卷中共四十篇。

濬按：史明謂讀招魂、哀郢，又謂作懷沙之賦。哀郢、懷沙俱在九章內，則招魂與九章皆原作可知。惟遠遊一篇，史所不及載。漢志「屈原賦二十五篇」，計二十五篇之數，有招魂則無遠遊，有遠遊則無招魂，必去一篇，其數乃合。大抵遠遊之爲辭人所擬，良是；細玩其辭意亦然。餘辨另詳後遠遊篇。至招魂之確爲原作，亦詳後招魂篇。舊本列原作二十六篇，不合漢志二十五篇之數。今摘遠遊一篇列大招後，餘篇仍依舊本。

求確凡例

一　讀楚辭當於天晴日午明牕下，一目十行，静心觀之。若黑夜暗室，索螢火之燈，逐字照去，照得一字而忘上下字，照得一句而忘上下句，照完一篇而忘他篇，便自以爲確解，謬矣！故注楚辭者有以「燈」命名，殊大可笑也。兹編注求其脈絡之貫通，雖不必盡確，亦求之免至逐字尋照而已。

一　注是書從來有當詳反畧，當畧反詳者。當詳反畧，如離騷但詳字句，而畧節旨次序，遂使章法井井者，反成重複迷混，瀆聒可厭也。當畧反詳，如天問本引委巷不經之談，寫照世間不解之事，而柳氏必逐節對之，後人更穿鑿解之，却昧此篇四大段主意，搔不著癢處，癡矣！故兹特詳離騷，畧天問。

一　九歌明明末篇點出女倡傳芭代舞，而注家偏忽之，竟作祭祀樂章解，絶不認是何人語氣，遂致褻侮神靈，毁滅文理，有壞風教，大不通矣。不知古者祭祀用樂，歌則工及瞽矇職之，舞則伶人國子任之，女巫惟舞雩及大烖，歌哭而請耳。豈有傳芭代舞爲典禮乎？楚雖蠻邦，左傳令尹子元欲蠱文夫人，振萬於王宫側，夫人聞之泣，曰：「先君以是舞也，習戍備也。」春秋已然，不應至戰國而此風遂改。故錯認主腦，因使十一章注多不著。今以本辭解本辭，非臆説也。

一　屈子初變古詩爲賦，創立一格，其段落、承接、轉摺、字法、句法，非惟不同今賦之顯易，亦與漢賦不同。一切「若夫」、「爾乃」、「是故」、「夫其」之類，皆所未有。注者不細審其輕重、虚實、死活之妙，專於呆句求之，則往往有前後比類，隨步换形者，遂疑爲疊複，又謂爲三致意，即此。此不通節旨脈絡之病也。不知字有重複處，句有重複處，物有重複處，而意不重複也。得其意，則前後段落、承接、轉摺、頓挫、脱卸，一毫不混，與散文無殊。

一　屈子一書，雖及周流四荒，乘雲上天，皆設想寓言，並無一句説神仙事。雖天問博引荒唐，亦不少及之。「白蜺嬰茀」，後人雖援列仙傳以注，於本文實不明確。何遠遊一篇，雜引王喬、赤松，且及秦始皇時之方士韓衆，則明係漢人所作。可知舊列爲原作，非是，故摘出之。

一　音注從來注家已詳備，無容復贅。但叶韻之法，從古至漢、晉，尚未有。在作賦者，不過隨方音而輕重緩急，以諧聲耳。讀者亦不必專泥音而忘義。舊注訓詁可通者，則存之。

一　九辯以下十五篇，乃原弟子宋玉、景差輩及漢諸人之辭，有爲原而作，有不因原而作。要皆最先衍是體而學之者，故仍舊本，附爲楚辭。自後學者益繁，代有佳篇，或已經前人删去，或别爲文苑採輯，莫可勝載。不必廣羅，恐喧客之奪主也。

楚辭卷一

分寧胡濬源乙燈增注

男雲從雲行雲翼 會雲凌雲作 姪友梅友蘭 內姪張奉仁 仝校字

離騷

舊注：離騷者，屈原見疏於懷王而作也。離，猶遭。騷，猶憂。幽愁憂思而作離騷，古詩之變也。其謂之「經」者，後人祖其辭而尊名之，非原本意也。○楚不列風，有騷而後可無遺憾。天生屈子，以補此段闕畧也。千古爲騷辭者，皆得繫於楚，蓋忠貞之性，發爲哀怨，正大之氣，非方隅時代所能限也。大哉，楚聲乎！淮南云：「國風好色而不淫，小雅怨誹而不亂，離騷兼之。」太史公述淮南而謂「與日月争光」，少陵許爲英雄才，皆足明離騷之大。

濬按：太史公自序固已明曰：「屈原放逐，著離騷。」又報任安書曰：「屈原放逐，乃賦離騷。」

漢志：「屈原被讒放流，作離騷諸賦以自傷悼。」則楚辭皆既放後作也。從來注家以離騷爲見疏懷王而作，九歌以下乃見放於頃襄而作，是泥史記文前後執而分之，故往往使此篇離憂忠悃大旨不亮，而其文義遂覺往返複疊，脈絡不貫；且情既乖戾，理道亦扞格。不知離騷一篇，史記傳原於王之怒而疏後，即接作此，重是篇也。故極贊之「與日月争光」，然後再補序既絀後楚事，以見原之忠，而復曰「既嫉之」，與前「疾王」遥接，即又曰「雖放流，睠顧楚國，一篇三致意」云云。作騷當在此時，史筆不過急所重而先之耳。讀者不察，遂認爲未放時作。不知篇中，一則曰「依彭咸遺則」，再則曰「從彭咸所居」，是明矢志汨羅矣。假不放於江南，將安能預爲此語乎？如申生、召忽、荀息之死，豈必定要在水乎？若泥史文字句，則懷沙畢命，即遷即死，何以自既放直至哀郢九年後乎？且方纔一疏，疏後絀，尚使齊，返尚諫王勿入秦，何至遂爾誓死懟憤，寧非悻悻？要之篇中「濟沅湘南征」及亂詞「何懷故都」，使知既放後作。史稱「令尹子蘭聞之大怒」，聞其作離騷等篇也。卒使上官大夫短屈原於頃襄王，頃襄怒而遷之，則既放又遷之，使益遠耳。細玩九章惜往日篇辭，史傳原事，正與之相符，即可考屈子賦騷之前後、疏與放年歲，楚世家可互考。

帝高陽之苗裔兮，朕皇考曰伯庸。攝提貞于孟陬兮，惟庚寅吾以降。降，乎攻反。

舊注：楚，顓頊後。自周成王封熊繹爲楚子，傳國至熊通，僭稱王，生子瑕，受屈爲卿，因以爲氏。苗，草之餘。裔，衣之餘。故以爲遠末子孫之稱。攝提，星名，隨斗柄指十二辰。貞，正也。正月爲陬，昏時斗柄指寅，在東北隅，故以爲名。

濬按：屈子自序，開首世系，由初生年月日命名字，以迄終身，便居然與國同休戚之誼。先序家世，本生民、玄鳥二詩，遂爲遷、固以下作史諸人自叙之所始。〇此篇大旨，史遷「冀君之一悟，俗之一改」，兩言盡之矣。有合説，有分説，總不外是。讀者見其文詞迷離恢詭，不尋其脈絡，遂駭其複，不知未嘗複也。蓋比物類情雖同，不外香澤堅貞等物，而逐節各分意旨。解其意旨，便不複。

皇覽揆余於初度兮，肇錫余以嘉名。名余曰正則兮，字余曰靈均。名與均，韻本不通，然今楚音，于真、文、庚、青、蒸、侵韻都無分别。古人以方音爲詩，非後世按譜而求也。

舊注：正則、靈均，釋均與平之義也。靈者，秀慧之意，與「靈脩」之「靈」同。均從勻、土，亦高平曰原之義。訓均爲平，取此。

濬按：名字用詮解，隱寓謚法，已定一生之品。

紛吾既有此内美兮，又重之以脩能。扈江離與辟芷兮，紉秋蘭以爲佩。紛音墳。重，儲用反。能，古音奴來、奴代二反，此從奴代。離，一作「蘺」。紉，女鄰反。

舊注： 紛，盛貌。重，再也。扈，被也。離、芷、蘭，皆香草。辟，幽也。離生于江中，芷生于幽僻之處，蘭至秋益芳，故曰江離、辟芷、秋蘭也。紉，索也，續也。古人佩以象德行，清潔者佩芳。言己博采衆芳，以喻修德也。

濬按： 此言己之質美而脩潔也，被服於芳也。

汩余若將不及兮，恐年歲之不吾與。朝搴阰之木蘭兮，夕攬洲之宿莽。汩，于筆反。搴音蹇。説文作「攓」。阰音毗。攬，力敢反。莽，莫補反。〇不及，一本作「弗及」。

舊注： 汩，水流去疾貌。汩余，猶言余汩。搴，拔取也。阰，山名。攬，采也。宿莽，一名卷舒。木蘭去皮不死，宿莽至冬不枯。

濬按： 此言己之及時黽勉，若不及也。木蘭、宿莽，耐久不死，喻朝夕無已之勤。

日月忽其不淹兮，春與秋其代序。惟草木之零落兮，恐美人之遲暮。

舊注：以美人稱君，本詩簡兮卒章：「彼美人兮，西方之人兮。」親而媚之，故目以美人；尊而嘉之，故目以靈脩。

濬按：美人句領起君。○言又爲君惜時也。美人指君，亦不專指君，凡賢皆是。篇中内美、保美、信美、蔽美、兩美、求美、珵美、委美，又委美，終以美政，美字公用也。詩之「西方美人」，亦非定是美女。惟美人誤作女解，遂致後求女俱誤解矣。不知臣道、婦道，同屬坤體；君自屬乾。屈子以婦道擬君，豈非不倫乎？且後文虙妃、簡狄、二姚等，若指君，何不直言羲皇、帝嚳、少康乎？美人論詳見後九章思美人篇。

不撫壯而棄穢兮，何不改乎此度。椉騏驥以駝騁兮，來吾道夫先路。椉即乘。駝，古馳字。道，一作「導」。先，去聲。

舊注：來，謂就我而商所行之路也。

濬按：此言君苟及時求賢，己當爲之先道也。路字起後數路字。○是時，正史所謂「王甚任之」，及惜往日首二節語。

昔三后之純粹兮，固衆芳之所在。雜申椒與菌桂兮，豈維紉夫蕙茝。菌音窘。維，當作「唯」，古通用。茝，昌改反，一音止。在，亦音才禮反。古海、止韻本通用。

舊注：三后，禹、湯、文武也。衆芳，喻羣賢。篇中凡三言衆芳，曰「衆芳之所在」，曰「哀衆芳之蕪穢」，曰「苟得列于衆芳」。椒、菌桂，皆香木。蕙、茝，皆香草。○三后，當是三皇，在帝之上，其德純粹。下章堯、舜遵道，遵三后之道也。申作重解，非。淮南子「申椒」、「杜芷」，可見非地名，即是其美名也。

濬按：此言自古皆賴多賢，伏後求女。○衆芳，雜椒與菌桂，不惟蕙、茝，則如上言曰「豈紉」之外，尚多賢也。

彼堯、舜之耿介兮，既遵道而得路。何桀、紂之昌被兮，夫唯捷徑以窘步。昌被，一作「猖披」。

舊注：耿，光也。介，大也。堯、舜之德盛矣，然亦只受用「耿介」二字。昌被，衣不帶之貌，言凌遽無序也。

濬按：此承上文，言三后皆遵堯、舜耿介之道而得路，何三代之末，桀、紂竟用捷徑，窘步而失路耶？三后指禹、湯、文武爲是。下陳詞重華，所舉皆三代事，若指三皇，則終篇不相應矣。

惟黨人之偷樂兮，路幽昧以險隘。豈余身之憚殃兮，恐皇輿之敗績。隘，吴才老讀伊昔反。按古音績，去聲，音漬，入寘韻。寘、卦古韻通用。偷，一本作「媮」。

舊注：此三章緊承道夫先路，三后初闢此路者也。堯、舜遵之而得，桀、紂不遵之而窘。蓋此道中正，别無岐途。而黨人偷爲逸樂，以爲迂闊，引其君以捷徑。不知捷徑乃幽昧險隘之地，必至馬蹪車傾，反成窘步。

濬按：此言小人之誤國害正，君當悟而黜之。捷徑，幽昧之路，恐敗皇輿也。皇輿，君車也。黨人伏下俗。

忽奔走以先後兮，及前王之踵武。荃不揆余之中情兮，反信讒而齌怒。先，去聲。荃，七全反，一作「蓀」。齌，祖西反。怒，古音暖五反，非叶也。師古匡謬正俗曰[一]：「自古讀有二音。今山東、河北，但知怒有去聲，故失其真也。」

舊注：忽，疾貌。荃，香草，以喻君也。齌，炊餔疾也。○正言我之道夫先路也。齌怒，猶言釀怒，抽思所謂造怒也。

濬按：此言余之道夫先路，將欲踵武三王也。荃，喻君。篇中惟荃與靈脩、哲王指君，其餘香草、珵美及女若、宓妃、佚女、二姚等，皆指賢人同氣者。荃二句，始跌入疏，此讒尚在上官大夫奪憲令藁不與時，懷王十六年前。

余固知謇謇之爲患兮，忍而不能舍也。指九天以爲正兮，夫惟靈脩之故也。舍，古音暑。上、去通韻。

舊注：謇謇，言其所難言也。舍，說文「釋也」，不必訓止。正，猶質也。王逸注：「謇謇，忠貞貌。靈，神也。脩，遠也。神明遠見者君德，故以喻君。」解是。此因其怒而自歎也。低徊俯仰，聲有餘痛。

濬按：靈脩指君。指天爲正，即惜誦「所非忠而言」二句意。

曰黄昏以爲期兮，羌中道而改路。

舊注：黄昏，古人親迎以昏爲期。羌，楚人發語端之詞。一無此二句。洪以王逸不注此二句，後章始釋羌義，疑此後人所增。然詳其文氣，當有此二語。此下定脱二語。晦翁謂「安知非逸以前已脱二語耶」，得之。文選注：「羌，乃也。」

濬按：改路，則不從余所道矣。○二句從王逸本及文選注，節去更爽。又九章抽思篇本有此二句，只「改路」爲「回畔」二字不同，疑是錯簡。又按禮昏義疏：「壻曰婚，女曰姻。壻以昏時而來，女因之而往。」即此可知以壻比君，以女自比。

初既與余成言兮，後悔遁而有他。余既不難夫離別兮，傷靈脩之數化。數，所角反。化，古音毁禾反。一本「與余」下有「有」字。

舊注：數化，言志屢變易，無常操也。○此追遡未怒之前，實有難忘也。

濬按：以上冀君之悟意，重在君。曰「不難離別」，是尚既疏未絀時。

余既滋蘭之九畹兮，又樹蕙之百畮。畦留夷與揭車兮，雜杜衡與芳芷。畹，於阮反。畮，滿以反。衡，一作「蘅」。

舊注：滋，蒔也。畹，一十二畝，或曰三十畝也。畦，隴種也。留夷、揭車、杜衡，皆香草。○種蒔衆香，喻樹立賢才也。

濬按：此言己之進賢，引類多也。以渡下俗。

冀枝葉之峻茂兮，願竢時乎吾將刈。雖萎絶其亦何傷兮，哀衆芳之蕪穢。

舊注：言枝葉雖落，亦何能有所傷乎？但雜于衆芳，其蕪穢爲可哀耳。○萎絶，猶不失本質。蕪穢，則變其臭味矣。

濬按：恐衆賢之改節也。伏後時繽紛變易數節。萎絶指己身言，衆芳應上三后、衆芳。

衆皆競進以貪婪兮，憑不厭乎求索。羌内恕己以量人兮，各興心而嫉妒。索，本有素音，非叶也。量，力香反。

舊注：憑，滿也。厭，飽也。言貪婪之人雖滿，猶求索不知厭飽也。以心揆心爲恕。言因己之貪婪，而謂人亦如己，遂生嫉妬之心也。

濬按：小人之競進，俗也。此「衆」字領起俗不厭求索，謂求己富貴，求人瑕疵。與後「上下求索」皆作活看。

忽馳騖以追逐兮，非余心之所急。老冉冉其將至兮，恐脩名之不立。

舊注： 冉冉，行貌。脩名，修潔之名。千古聖賢，貴立名耳。人無名，即無仁義忠信矣。

濬按： 脩，即上脩能。名，即上嘉名，内美也。馳騖追逐，言猶急與羣小争邪正，而不自引避也。上忽奔走先後，對君言；此忽馳騖追逐，對俗言。

朝飲木蘭之墜露兮，夕餐秋菊之落英。苟余情其信姱以練要兮，長顑頷亦何傷。英，古音央。姱，苦瓜反。要，於笑反。顑，虎感反。頷，戶感反。

舊注： 信姱，言實好也。練要，心中簡練，合乎道要。顑頷，食不飽而面黄之貌。

濬按： 此言余豈惟外佩芳香，抑且朝夕飲食，於是而忘飢。朝夕，承老將至。飲餐，猶終食不違意。後瓊羞、瓊粻同。練要，要字當作平聲，謂久要舊約也，方與上朝夕緊承。下長顑頷，及下章擥木根等聯合衆賢之意浹洽，且與前朝搴、夕攬意旨不複。彼述終日乾惕之勤，此屬久要不忘之篤。

擥木根以結茝兮，貫薜荔之落蘂。矯菌桂以紉蕙兮，索胡繩之纚纚。擥音覽，一作「擥」。蘂，如壘反，古音如我反。纚，所綺反，古音所禾反。平、上通韻。

舊注：擥，持也。貫，累也。蘂，花鬚。薜荔，香草。矯，舉也。胡繩，亦香草。纚纚，素好貌。○木根喻本，蘂喻末。言本末皆芳也。

濬按：此言余又將聯合衆賢，同類以相助。應上文竢時將刈之用。三閭掌王族三姓，率其賢良以厲國士，亦即此。

謇吾法夫前脩兮，非世俗之所服。雖不周於今之人兮，願依彭咸之遺則。謇，一作「蹇」。服，蒲北反。

舊注：謇，難詞也。前脩，前代脩德之人。周，合也。彭咸，殷賢大夫，諫君不聽，自投水而死。

濬按：此言無如不合於俗，提出「俗」字，以後時俗、衆女、黨人皆是。提出彭咸，即下四「死」字，亂辭結句之志。但此處依彭咸遺則，尚是諫之，則後將從所居，方是決志自沉。悲回風篇云「悲申徒之抗迹」，申徒事與彭咸正同。而此篇及本篇屢舉彭咸，獨謂申徒，何益者？從古諫君，惟彭咸諫不驟也。○不周今人，承上章言衆賢雖未必人人合志，而但願依彭咸。彭咸蓋嘗聯合衆賢以匡君者。

長太息以掩涕兮，哀民生之多艱。余雖好脩姱以鞿羈兮，謇朝誶而夕替。誶與訊同，音信。覲、替相韻，古音無攷。吴才老韻補：覲音勤[二]。替，才淫反。殊未安。朱晦翁：「覲，居垠反。替，它因反。」于義爲協，從之。

舊注：脩姱，脩潔而美好。鞿羈，以馬自喻。韁在口曰鞿，革絡頭曰羈。言自約束不放縱也。誶，諫也。

濬按：替，即史所云「絀」也。◯鞿羈，疏而未絀，夕替則齎怒而疏且絀矣。史所謂「不復在位」。

既替余以蕙纕兮，又申之以攬茝。亦余心之所善兮，雖九死其猶未悔。

舊注：纕，佩帶也。言我雖脩姱見替，而猶攬芳以自結束，故曰「又申之」也。晦翁解未安。

濬按：嘉謀不厭瀆聽。此蕙、茝，指諫言之善言。雖疏絀後猶諫，即使齊反，諫王宜殺張儀及諫王無入秦之類。是時方忤子蘭。露出「死」字、「悔」字，伏後「悔相道」之「悔」。

怨靈脩之浩蕩兮，終不察夫民心。衆女嫉余之蛾眉兮，謡諑謂余以善淫。

舊注：浩蕩，思慮放縱，如水無津涯也。九歌河伯章「心飛揚兮浩蕩」解同。民，謂衆人。心有貞有淫，所當察者也。謠，謠言也。諑，愬也。○終不察，言到底不察也。謠諑，非一人之言，毀謗布流也。

濬按：怨字，怨君實怨俗。衆女，正指俗。謠諑，即在子蘭勸王行時，子蘭與人構原以蛾眉自居。己亦以女自比也，故後文有求女之占，求同氣相助也。衆女，則羣小矣。此句一篇眼目。坤，地道、臣道、妻道，斷無以女人比君之理。史遷謂「騷自怨生」，篇中只此一「怨」字，實怨俗處多，故處處指出「俗」字、「世」字來。然俗又不足當此一怨，故加之靈脩，隨即接以衆女、時俗也。到此時乃怨，明知禍結。

固時俗之工巧兮，偭規矩而改錯。背繩墨以追曲兮，競周容以爲度。偭音面。錯音措。追，古隨字。

舊注：偭，背也。周，合也。言争以爲苟合求容，爲常法也。

濬按：再提時俗害正之實，競承風旨，巧構逐原。

忳鬱邑余侘傺兮，吾獨窮困乎此時也。寧溘死以流亡兮，余不忍爲此態也。忳，徒渾反。侘，勑駕反。傺，敕界反。溘，苦合反。時、態通韻。按古平聲支、脂、之、灰、咍韻通用，去聲寘、至、隊、代韻通用，此又平、去通用。

舊注：忳，悶也。鬱邑，憂貌。侘傺，失志貌。溘，奄也。○爲此態，即時俗工巧之態。

濬按：再露「死」字。○溘死流亡，便既放流在懷王三十年。王放原後，乃入秦，正惜往日所謂「遠遷臣而弗思」，史所謂「雖放流」，此以後纔是「一篇三致意」。舊注不通全書，非是。

鷙鳥之不羣兮，自前世而固然。何方圜之能周兮，夫孰異道而相安。鷙，脂利反。圜，一作「圓」。然、安本通韻，不必叶。

濬按：「前世」應上「此時」，「方圜」應上「規矩」。

屈心而抑志兮，忍尤而攘詬。伏清白以死直兮，固前聖之所厚。攘，古音而羊反。詬音古。厚音户。

舊注：攘，除也。詬，恥也。言雖見尤于人，亦當隱忍而不與校。雖所遭有恥辱，亦當以理解遣，攘却之不受于懷也。

濬按：以上冀俗之改意，責在俗。三露「死」字。

悔相道之不察兮，延佇乎吾將反。回朕車以復路兮，及行迷之未遠。

舊注：相道，相視道路也。不察，迷於趨避，而輕犯世患也。復路，中道而反也。

濬按：此用「悔」字作一頓挫波瀾。言悔道回車，所謂左思右想也。以下從自己身上合君與俗言，《史所謂「不忘欲反」。此「反」字，雖非反國之反，然必反道，乃能反國。若如下章不能反道，則即不能反國。旨雖殊，却仍是一義。

步余馬於蘭皋兮，馳椒丘且焉止息。進不入以離尤兮，退將復脩吾初服。

舊注：步，徐行也。澤曲曰皋。回車、復路、行息，必依蘭椒，不忘芳香也。離，遭也。

濬按：正回車，却仍是初服，仍是芳路，《史所謂「故不可以反」。

製芰荷以爲衣兮，集芙蓉以爲裳。不吾知其亦已兮，苟余情其信芳。

舊注： 此與下章，所謂「脩吾初服」也。荷衣蓉裳，服之芳也。余情果芳，亦將終焉矣。二句文法倒裝。

濬按： 衣裳則竟體服之，不但爲紉佩，意謂但安獨善而已。

高余冠之岌岌兮，長余佩之陸離。芳與澤其雜糅兮，唯昭質其猶未虧。及，魚及反。糅，女救反。下同。離，古音羅。虧，古音去未反。

舊注： 岌岌，高貌。佩，玉佩也。陸離，美好貌。芳，言衣裳之芳。澤，謂玉佩之潤物。相雜曰糅。昭，明也。獨能全其明之質。

濬按： 芳澤雜糅，又不但芳，并瓊枝、瑆美皆備矣。獨善其質，既盡善。

忽反顧以遊目兮，將往觀乎四荒。佩繽紛其繁飾兮，芳菲菲其彌章。繽，匹賓反。

舊注：言己回車反服，忽然反顧，吾身將爲四荒之觀。佩愈盛而芳愈章，自喜困苦之中所樂自在也。

濬按：佩繁飾，美玉也。芳彌章，蘭、茝等也。反顧姱脩，芳益難掩，悔如未悔。○「忽」字警動四荒，伏後遠逝周流。

民生各有所樂兮，余獨好脩以爲常。雖體解吾猶未變兮，豈余心之可懲。樂，五教反。好，去聲。懲，才老讀仲良反。

舊注：「懲」字正應前「悔」字，而反甚言之。曰「雖體解猶未變」，死之可貴如此，豈相道之不察哉？設言悔而實自負也。

濬按：此言雖悔，争奈本性所樂，終不能自懲何。

女嬃之嬋媛兮，申申其詈予。曰：「鮌婞直以亡身兮，終然殀乎羽之野。」嬃音須。嬋媛音蟬爰。予，古音與，後同。鮌與鯀同，一本作「骸」。婞，胡頸反。殀，於嬌反。野古音墅。

舊注：女嬃，屈原姊也。嬋媛，眷戀牽持之意。申申，從王逸作重解。婞，很也。殀，殁也。

濬按：借女兄同氣之賢而不同志，以影起下諸所求之女。

汝何博謇而好脩兮，紛獨有此姱節。薋菉葹以盈室兮，判獨離而不服。薋音甆，一亦作「茨」。菉音録。葹，商支反。

舊注：博謇，廣博忠直也。紛，盛貌。姱節，姱美之節。薋、菉、葹三物，皆惡草。言佩此惡草者盈室，以比爲讒佞之行者滿朝也。判，别也。詈辭止此。其意恐其過異以罹禍耳，非欲其苟同以變節也。姊豈閨閣庸懦人。

濬按：詈其違俗。

衆不可户説兮，孰云察余之中情。世並舉而好朋兮，夫何煢獨而不予聽？」説，讀如字。情〔三〕、聽，本同韻。情亦不必叶。

舊注：以煢獨而見欺，故不予聽也。○此亦女嬃之言。上「余」字代原稱，下「予」字嬃自予也。又尚書五子之歌「萬姓仇予」，予指太康；「鬱陶乎予心」，予字乃自予。與此一例。姊詈原之詞，皆原之所以自信，以此爲詈，實譽之矣。

濬按：女嬃之言，又一大頓挫。

依前聖以節中兮，喟憑心而歷兹。濟沅湘以南征兮，就重華而敶詞。喟，丘愧反。沅音元。敶，即古陳字。

舊注：節中，節其中道，猶云折衷。喟，歎。憑，滿也。歷兹，逢此時也。舜葬九疑，在沅、湘南，其神獨近，故就之而敶詞也。

濬按：賢姊骨肉，尚勸其勿婞直違俗，無可表白，只得折中古聖。前聖，遥應上「前聖所厚」原之言。

啓九辯與九歌兮，夏康娱以自縱。不顧難以圖後兮，五子用失乎家衖。難，去聲，又讀平聲。衖與巷同，古音胡貢反。

舊注：九辯、九歌，啓所得天帝之樂。五子，太康弟五人也。家衖，宫中之道，所謂永巷也。太康田於洛南，十旬弗反。有窮后羿距之於河。事見尚書五子之歌。

濬按： 此以下皆冀君悟，歷陳法戒，針對懷王以悟之。

羿淫遊以佚畋兮，又好射夫封狐。固亂流其鮮終兮，浞又貪夫厥家。羿，五計反。射，食亦反。鮮，一作「尠」，並先典反。浞，食角反。家，古音姑。固，一作「國」。

舊注： 羿篡夏政，其臣寒浞殺之，貪取其家以爲己妻。言羿以亂固不克終，亦其遊畋不恤民事，致爲浞所弑也。

澆身被服强圉兮，縱欲而不忍。日康娱而自忘兮，厥首用夫顛隕。澆，五弔反；一作「奡」，五耗反。一本「縱欲」下有「殺」字。

舊注： 浞取羿妻生澆，使之用師。澆强梁，滅殺夏后相，日作淫樂，卒爲相子少康所誅，遂滅浞。康，安也。忘，亡身也。

夏桀之常違兮，乃遂焉而逢殃。后辛之菹醢兮，殷宗用之不長。

舊注： 藏菜曰葅，肉醬曰醢。言夏桀違背天道而見放，殷紂葅醢賢臣而覆宗也。

湯禹儼而祗敬兮，周論道而莫差。舉賢才而授能兮，循繩墨而不頗。差，初差反。頗，滂波反。

舊注： 儼，畏也。祗，亦敬也。差，過也。頗，偏也。言三代受命之君皆畏天敬賢，論議道德，不敢差殊偏頗如此也。

皇天無私阿兮，覽民德焉錯輔。夫維聖哲之茂行兮，苟得用此下土。錯，七故反。行，下孟反。

舊注： 錯，置也。言天無私阿，觀人之有德者輔助之，置以爲君。惟聖哲有甚盛之行，故使之奄有下土。此承上章，言三代先王受命之事也。

瞻前而顧後兮，相觀民之計極。夫孰非義而可用兮，孰非善而可服。

舊注：瞻前顧後，總承上六章。相觀民之計極，言細推人事之極致也。兩「孰非」妙，見得天道一定不爽。

阽余身而危死兮，覽余初其猶未悔。不量鑿而正枘兮，固前脩以菹醢。阽音簷，又音都念反。悔，虎猥反。量音良。鑿音漕，去聲。枘，而鋭反。

舊注：阽，臨危近邊欲墮之意，猶言余身阽也。枘，刻木端所以入鑿者。○承上言天道如此，我獨危死，非我之行有可悔也，止因鑿枘不相入，前脩固有以此而遭菹醢者，何况於我？

濬按：未悔，回應相道之悔。四露「死」字。

曾歔欷余鬱邑兮，哀朕時之不當。攬茹蕙以掩涕兮，霑余襟之浪浪。

舊注：曾，累也。歔欷，哀泣聲。不當，生不當舉賢之時也。茹，柔耎也。浪浪，流貌。

濬按：茹蕙掩涕，已成孤芳。

跪敷衽以陳辭兮，耿吾既得此中正。駟玉虬以椉鷖兮，溘埃風余上征。

舊注：陳辭，陳如上之詞。耿，明也。中正，中正有道。虬，龍類。鷖，鳳屬。駟虬椉鷖等説，皆假托之詞。自此以下，却爲多方遠去之詞。又託于上下周流，而卒歸于戀其故都。

濬按：陳詞既畢，古聖亦不爲之可否，只得上訴於天。

朝發軔於蒼梧兮，夕余至乎縣圃。欲少留此靈瑣兮，日忽忽其將暮。縣，古通玄。

舊注：軔，楮輪木，將行則發之。蒼梧，舜葬處。陳詞既畢而行，故從此始。縣圃，在崑崙上。靈瑣，神所在也。瑣，門鏤也。

濬按：朝蒼梧，夕縣圃，謂窮日之力，一往邁征。起下上下求索。

吾令羲和弭節兮，望崦嵫而勿迫。路曼曼其脩遠兮，吾將上下而求索。崦嵫，音淹茲，古但作「奄茲」。迫，古音博。曼，莫半、謨官二反，一作「漫」。索，蘇各反。

舊注：羲和，日御也。弭節，按節徐行也。崦嵫，日所入之山也。迫，附近也。曼曼，遠貌。求索，求賢君也。

濬按：求索，求可告訴之路也。舊注求君、求賢，皆非。若依舊注，則前衆不厭之求索，又求甚麽！

飲余馬於咸池兮，揔余轡乎扶桑。折若木以拂日兮，聊逍遥以相羊。飲，於禁反。扶，説文作「榑」。相，息羊反。羊，一作「徉」。揔，一本作「總」。

舊注：咸池，日浴處。揔，從手，領也，合也。即六轡在手意。扶桑，神木，日出其下。若木，亦木名，在崑崙西極，其光華照下地。拂日，使不即西落也。相羊，猶徘徊也。

前望舒使先驅兮，後飛廉使奔屬。鸞皇爲余先戒兮，雷師告余以未具。屬，古音樹，或曰音注。皇，一作「凰」。

舊注：望舒，月御。飛廉，風伯。奔屬，奔走屬其後也。鸞，鳳之佐。皇，雌鳳。未具，行李未備也。〇雷師亦喻臣，非喻君也。

吾令鳳鳥飛騰兮，繼之以日夜。夜，古音羊茹反。飄風屯其相離兮，帥雲霓而來御。屯，徒渾反。霓，通作「蜺」，五稽、五歷二反。○鳥，一本作「凰」。

舊注：屯，聚也。御，迎也。○飄風，旋風。雲霓，陰陽不正之氣，皆喻邪佞之人，非言擁護也。相離，言不與己合也。

紛總總其離合兮，斑陸離其上下。吾令帝閽開關兮，倚閶闔而望予。下，古音户，後同。予，古音與，後同。

舊注：紛，亂也。總總，聚也。斑，亂貌。陸離，分散也。言見讒佞人僔沓相聚，乍離乍合，斑然散亂，一上一下，而無定也。帝，天帝。閽，主門者。閶闔，天門也。令帝閽開門，將入見帝，更陳己志，反倚門望而拒我。蓋求大君而不遇之比也。

濬按：倚閶闔而望，是不答應。○訴天又不得通，此後不得不求同志以相助矣。

時曖曖其將罷兮，結幽蘭而延佇。世溷濁而不分兮，好蔽美而嫉妬。曖音[四]愛。罷音皮。佇、妬，去上通韻。而延，一本作「以延」。佇作「竚」。

舊注：曖曖，昏昧貌。罷，極也。延佇，長立躊躕意。既不得入天門以見上帝，於是歎息世之溷濁嫉妬，去而他適也。

濬按：時將罷而孤芳獨賞，世又好蔽美，計無如何。起下求女之念。世溷濁與下世溷濁、世幽昧，皆是俗。

朝吾將濟於白水兮，登閬風而緤馬。忽反顧以流涕兮，哀高丘之無女。閬，郎、浪二音。緤，通作「紲」、「絏」，音薛。馬，古音莫補反。

舊注：白水出崑崙山。閬風在崑崙上。女，神女。晦翁謂以比賢君，故下數章皆求賢君之意也。高丘，楚地名。

濬按：悟君必先改俗。此以下冀俗改，因思求賢人相助以改之。高丘無女，無賢人也。凡「女」字，皆指賢，不指君。高丘，指楚之在高位者，如令尹、司馬之類。○忽反顧流涕，是轉關脱卸語。前「忽反顧遊目」，既由悔相道之不可反，逼到觀四荒。此「忽反顧流涕」，又從四荒上下無可求索，逼到求賢一策，故接以哀高丘無女。

溘吾遊此春宮兮，折瓊枝以繼佩。及榮華之未落兮，相下女之可詒。相，息亮反。

佩、詒韻本通，不必叶。

舊注：春宮，東方青帝之舍也。瓊枝，玉樹。下女，神女之侍女也。詒以瓊枝，欲因以通意於神女也。

濬按：春宮，猶東宮也。謂帝閽既不許入，高丘又無女，或者望之嗣君，春宮猶可詒以下女乎？指頃襄之臣，如黃歇、昭睢輩。瓊枝繼佩，覺茝、蕙等同氣者漸稀矣。下女，頂上高丘句來。○楚大臣既無賢，且求之太子舍人等官。

吾令豐隆椉雲兮，求虙妃之所在。解佩纕以結言兮，吾令蹇脩以爲理。虙音伏。

在、理，古韻通用，不必叶。

舊注：豐隆，雲師也。虙妃，伏羲氏女，溺洛水而死，遂爲河神。纕，佩帶也。蹇脩，人名。理爲媒，以通詞理也。

濬按：求女，求賢相助，改此俗也。此指敵國之賢不可求。觀窮石、洧盤，地在西北，意指秦人。天問篇夷羿妻雒嬪，故以比秦人。如張儀之徒，兼相秦、楚，才而詐者也。下驕傲淫遊，顯指此輩。○太子官屬又無賢，試求之敵國來相楚者，故下章明著「來違」字。

紛總總其離合兮，忽緯繣其難遷。夕歸次於窮石兮，朝濯髮於洧盤。緯音徽。繣，呼麥反，又音畫。洧，于軌反。遷、盤，自相韻，不必叶。

舊注：緯繣，乖戾也。遷，移也。蹇脩通言讒人毁敗之，令其意離合，遂乖戾而見拒。窮石，山在張掖。洧盤，水出崦嵫。

濬按：此夕窮石、朝洧盤，則指西方之女偃蹇自適，所謂閒者自閒，故顛倒夕朝，以别於前後朝夕之句。

保厥美以驕傲兮，日康娱以淫遊。雖信美而無禮兮，來違棄而改求。傲，一作「敖」。

舊注：康，安也。淫，久也。河善暴怒，故言虙妃有無禮之狀。違，去也。

覽相觀於四極兮，周流乎天余乃下。望瑶臺之偃蹇兮，見有娀之佚女。相，息亮反。下音户。娀音嵩。佚，一作「妷」。

舊注：四極，四方極遠之地。凡言偃蹇者，皆有高踞意。蹇者移步，其面必仰，偃蹇之義也。臺踞高而凌上，故云。有娀，國名。佚，美也。謂帝嚳妃簡狄也。吕氏春秋曰：「有娀氏有美女，爲之高臺而飲食之。」

濬按：此指他邦之賢已事有主，不能求者，如六國之士甯越、徐尚、蘇秦、杜赫等。下鳳凰受詒，高辛先我自明。〇敵國來相楚者，不可信，不可求，且求之列國之賢。

吾令鴆爲媒兮，鴆告余以不好。雄鳩之鳴逝兮，余猶惡其佻巧。令，平聲。鴆，直禁反。佻，吐雕、吐了二反。好、巧韻通用，不必叶。

舊注：鴆，惡鳥。告余不好者，不肯爲媒而反間我也。雄鳩似山鵲，聲多，性輕巧，亦不可使。鴆喻讒人，鳩喻佞人也。

濬按：鴆指楚讒臣。雄鴆鳴逝，指楚臣之使絶齊者，如勇士宋遺輩。蓋皆鴆毒佻巧而不能引賢者也。

心猶豫而狐疑兮，欲自適而不可。鳳皇既受詒兮，恐高辛之先我。

舊注：猶豫，未定之詞。狐性多疑。言鴆、鳩皆不可使，自往又不可。女當待媒，豈能自結。鳳皇又已受高辛之詒而來求之，故恐簡狄先爲嚳所得也。

濬按：即高辛句益見以女比君之非。高辛豈可比臣，以自比乎？且既求虙妃，又求娀女，又求二姚，以比君，則三易君矣。賈誼何以謂其不「歷九州而相君」乎？又舊注以虙妃指三皇之佐。三皇佐豈有驕傲淫遊之理？不通，皆删去。○言不能求。

欲遠集而無所止兮，聊浮游以逍遥。及少康之未家兮，留有虞之二姚。

濬按：遠集無所止，不如隨處求之。此指未仕在野之賢，恐亦非其君不仕，如漁父、弋人、莊周之隱。少康，夏后相子，帝高陽氏之後，楚與同出，故以指本國。未家，言未聘。○列國之賢既各有主，不能求，且求本國未仕之賢。

理弱而媒拙兮，恐導言之不固。世溷濁而嫉賢兮，好蔽美而稱惡。好，去聲。美，一作「善」。惡，烏路反。○先儒謂一字兩聲者各有義意，其說亦始於六朝。如此字與後「孰云察余之善惡」，惡字本皆善惡之惡，而讀去聲。漢劉歆遂初賦「爲羣邪之所惡」，魏丁儀厲志賦「將未審乎好惡」，俱愛惡之惡，皆讀入聲。知古人原無此疆彼界之分，不過發言輕重疾徐之間耳。

濬按： 理弱媒拙，楚無賢君臣，而草茅之賢不肯爲之出也。「恐」字頂上「聊」字，是不必求。○未仕之賢不肯出，則無可求矣。

閨中既已邃遠兮，哲王又不寤。懷朕情而不發兮，余焉能忍而與此終古。寤、古，上去通韻。又按集韻：「古音估者，故也。音故者，始也。」則是古原有上去二音。

濬按： 閨中指女，哲王纔指君。二句本自分明，將俗與君總一束，閨中即上處妃等，哲王如上三后、堯、舜、禹、湯、周，及下巫咸所舉湯、禹、武丁、周文、齊桓。懷情不發，與下自己「曰」字緊應。舊注閨中況列國，比濁世，皆謬，删去。終古與九歌禮魂篇「終古」同，謂來日之無窮也。

索藑茅以筳篿兮，命靈氛爲余占之。曰：「兩美其必合兮，孰信脩而慕之？」藑，一作「瓊」。筳音廷。篿音專。晦翁云：「兩之字自爲韻。」又慕字從莫，諧聲，俱可韻。合、篿、占，自韻。

舊注： 藑茅，靈草。筳，小折竹也。結草折竹以卜曰篿。靈氛，古明占吉凶者。美必相合，乃能相信。相信乃能相慕也。

濬按： 設一靈氛作波瀾。此「曰」字當是己問詞，言誰實可信慕？抑或九州他處可求，不惟此處。○求賢，求君，兩難決計，且謀之卜與神。

思九州之博大兮，豈惟是其有女？曰：「勉遠逝而無狐疑兮，孰求美而釋女？」

上女字如字。下女字音汝。

濬按：此「曰」字乃靈氛答言，一定須遠去。孰求美釋女。靈氛亦以美女比屈，言同氣必相求也。舊注以女比賢君，不妥，且不透，删去。

何所獨無芳草兮，爾何懷乎故宇。世幽昧以昡曜兮，孰云察余之善惡？昡，熒絹反。惡，烏路反。上去通韻。

舊注：上二句亦靈氛言。芳草以比女，申上意而勉其行也。以下十句乃原自念之詞，言故宇果不可懷也。

濬按：言九州博大，賢人正多，汝但遠求之。「世幽昧」句以下十句，原答靈氛之詞。幽昧，應前「路幽昧」。

民好惡其不同兮，惟此黨人其獨異。户服艾以盈要兮，謂幽蘭其不可佩。要，古腰字。異、佩，古韻通用。

舊注： 言皆好讒佞，謂忠正不可行也。

濬按： 此言黨人獨異，則求美偏見釋矣。黨人，俗也。彼方服艾，必以蘭爲不芳。

覽察草木其猶未得兮，豈珵美之能當？蘇糞壤以充幃兮，謂申椒其不芳。珵音呈。幃，許歸反，下亦同。

舊注： 珵，美玉也。蘇，取也。幃，謂之幐，即香囊。言近小人遠君子也。

濬按： 珵美應上芳澤之澤，伏下瓊佩、瓊枝、瓊靡、瑶象、玉鸞、玉軑等言。芳香同氣味者猶未得，况玉佩之堅貞能得乎？糞壤更甚於艾。總言縱求得之，非類必不能容也。

欲從靈氛之吉占兮，心猶豫而狐疑。巫咸將夕降兮，懷椒糈而要之。糈，孫五反。要，伊消反。

舊注：巫咸，殷中宗世神巫也。椒，香物，以降神。糈，精米，以享神。要之，使占吉凶也。

濬按：靈氛之言難恃，且再問巫咸，又一波瀾。

百神翳其備降兮，九疑繽其並迎。皇剡剡其揚靈兮，告余以吉故。翳，於計反。疑，一作「嶷」。迎，吴才老讀元具反。剡，以冉反。

舊注：九疑，山有九峯，其形相似，遊者疑焉，故名。言巫咸將百神蔽日來下，九疑之神紛然來迎也。皇，指百神也。剡剡，光貌。揚靈，發其光靈也。吉故，告我以去當吉之故也。

曰：「勉陞降以上下兮，求榘矱之所同。湯、禹儼而求合兮，摯、咎繇而能調。榘，一作「矩」。矱，紆縛、烏郭二反，一作「蒦」。咎繇，一作「皋陶」。調，徒紅反。

舊注：曰，巫咸語也。陞降上下，上天下地也。榘、矩同。矱，度也。猶云法度所同，同合此法度者。摯，伊尹名。調，和合也。

濬按：靈氛主求女，故曰「勉遠逝」。巫咸主求君，故曰「勉陞降上下」。靈氛之言簡，巫咸之言繁，便不板拙。

苟中情其好脩兮，又何必用夫行媒。説操築於傅巖兮，武丁用而不疑。好，去聲。説音悦。媒、疑，古韻通用。

舊注：説，傅説。武丁，殷高宗。事見尚書。○檢菴曰：「上二句當在上節湯、禹句前，却插入中間，妙絶！古人多用此法。」

濬按：觀巫咸之言，不必遠逝求女，但求賢君，自能遇合。則求女非君可知。故直接湯、禹、武丁、周文、齊桓，皆以君比君；摯、咎繇等，皆以臣喻臣。言不待推薦而遇合也。其意若以爲不得於懷，且須求之於襄。

吕望之鼓刀兮，遭周文而得舉。甯戚之謳歌兮，齊桓聞以該輔。

舊注：吕望，太公也。太公至朝歌，道窮困，因自鼓刀而屠。甯戚，衞人，脩德不用，退而商賈，宿齊東門外。桓公夜出，戚方飯牛，叩角歌曰：「南山粲，白石爛，生不逢堯與舜禪。短布單衣適至骭，從昏飯牛薄夜半，長夜漫漫何時旦。」桓公聞曰：「歌者非常人也。」命後車載之，用爲客卿。該輔，備輔佐也。○三章言諸人不用行媒者，以此寬慰原也。

及年歲之未晏兮，時亦猶其未央。恐鵜鴂之先鳴兮，使夫百草爲之不芳。」鵜，題、弟二音。鴂，決、桂二音。

舊注：鵜鴂，鳥名。以夏至鳴，陰氣至，則先鳴而草死。以比時一過，則事愈變而不可爲也。巫咸之言止于此。

濬按：巫咸言及時尚可求，遲則恐生變。已暗渡下衆賢改節。

何瓊佩之偃蹇兮，衆薆然而蔽之。惟此黨人之不諒兮，恐嫉妬而折之。佩，一作「珮」。薆音愛。折，古音去聲，則食例反。

舊注：此下又就巫言思之。蘭佩柔弱而如俯，瓊佩森挺而如仰，故曰偃蹇。薆，蔽之盛也。諒，信也。

濬按：瓊佩偃蹇剛方，易爲衆所蔽。言如巫咸之言，無如黨人妬折何。

時繽紛以變易兮，又何可以淹留。蘭芷變而不芳兮，荃蕙化而爲茅。茅，吴才老讀莫侯切。又按古音留與蕭、宵、肴、豪，通爲一韻。高誘[五]注淮南子云「留連」之「留」，非「劉氏」之「劉」，即此更可知古音矣。

濬按：此黨人既不諒，則不可以淹留。或者望之舊僚，如向所滋九畹之蘭，所樹百畝之蕙乎？○至此又明言衆賢改節，觀其弟子宋玉、唐勒、景差輩，後皆事襄王，莫敢直諫。則當時同氣之變節者已多，屈子豈虚語哉！

何昔日之芳草兮，今直爲此蕭艾也。豈其有他故兮，莫好脩之害也。

舊注：佳士失節，讒佞使然。舉世蕭艾，豈一朝一夕之故。莫，猶云莫不，與魯論文「莫猶吾人」之「莫」一例，故爲疑詞，以咎夫好脩。蓋始於好脩之故而招禍，卒於招禍之故，遂使今無一好脩之人。爲害至此，好脩不得辭其責矣。

余以蘭爲可恃兮，羌無實而容長。委厥美以從俗兮，苟得列乎衆芳。

濬按：此委美，責衆賢自棄其美從俗，干進務入，而不成芳也。下委美，乃君棄原美。苟得，言苟且與其列也。舊注非是，删去。

椒專佞以慢慆兮，榝又欲充夫佩幃。既干進而務入兮，又何芳之能祗。慢，一作「謾」。慆，一作「諂」，並吐刀反。榝音殺。幃音解，見前。支、微，古韻通叶。

舊注：慆，淫也。榝，茱萸也。言己無實而人復變，即接衆芳言之，又反覆致歎也。○此二節言蘭、椒，必指當時楚士之賢者，今皆不能不變矣。所貴乎君子者，謂其不競進以貪婪也。今既干進務入，又何芳之可敬哉！

濬按：衆芳不芳矣，皆俗所移也。

固時俗之流從兮，又孰能無變化。覽椒蘭其若兹兮，又況揭車與江離。流從，一作「從流」。化，古音毁禾反。離，古音羅。

濬按：賢且不可恃，況其次者。是舊僚又不可求，俗不得改矣。

惟茲佩之可貴兮，委厥美而歷茲。芳菲菲而難虧兮，芬至今猶未沫。沫，按古音平聲，則莫杯反。

舊注：佩，言瓊佩也。山海西山經：「黄帝取峚音密山之玉榮。」既有榮華，則芳菲不待言矣。委厥美，言君之棄己也。上蘭蕙自比，傷華實之不稱也；此瓊佩自比，幸質性之不改也。前覽察草木二句，已具有分别矣。

濬按：言惟己不變節，故爲君所棄至此。

和調度以自娱兮，聊浮游而求女。及余飾之方壯兮，周流觀乎上下。調，徒料反。女，紐吕反。

舊注：調，猶言格調。度，法度也。言自「何瓊佩」句至此，原答巫咸之詞。遂欲依其言而求女也。

濬按：賢皆變節，無女可求，只得調度、浮游，作無望之望，聊借求女以周流消遣耳。調，當讀平。度，當音鐸。調度，猶言酌量。浮游，即非認真。前浮游求二姚，已明知不固而聊設是想，故媒理皆未實使。至此浮游求女，則并自謂空言。○此章承上渡下遠逝。

靈氛既告余以吉占兮，歷吉日乎吾將行。折瓊枝以爲羞兮，精瓊靡以爲粻。行音杭。靡，芒悲反。粻，陟姜反，又音良。

舊注：歷，數而選也。精，細米也。此處言瓊枝、瓊靡，並不言蘭蕙矣。蘭，所同也。瓊，所獨也。紉蘭，其始也。瓊佩，其終也。

濬按：靈氛主求女，是急於俗之改。巫咸主求君，是重於君之悟。然俗不改，小人蔽之，君卒不可得悟。故始終還念靈氛之言。〇於是決意周流，但周流又無同氣可求，至此則不屑芳香氣味，純恃貞堅粹質矣。故以下皆用瑶玉之類喻孤操不可變，與前珵美相應。蓋芳草猶有氣類，瓊玉則獨堅美質，所以前半篇多用芳草，中間遂芳與澤雜糅，末半篇屏去一切氣類，專任自己孤操也。

爲余駕飛龍兮，雜瑶象以爲車。何離心之不同兮，吾將遠逝以自疏。

濬按：遠逝本靈氛之教，既無心可同，則遠逝亦只自疏，以獨自周流耳。疏對親言，原爲楚懿親，故史云「雖死不容自疏」。而兹云然者，無聊之極語也。〇以下專言周流，不復有求。

邅吾道夫崑崙兮，路脩遠以周流。揚雲霓之晻藹兮，鳴玉鸞之啾啾。邅，池戰反。晻，烏感反。藹，一作「濭」，一作「靄」，並叶於蓋反。

舊注：邅，轉也。雲霓，以爲旌旗也。晻藹，陰貌。玉鸞，車上之鈴，以玉刻爲鸞之象也。

朝發軔於天津兮，夕余至乎西極。鳳凰翼其承旂兮，高翱翔之翼翼。

舊注：天津，箕、斗之間，漢津也。凡旂屬皆建於車後。鳳凰承旂，言亦隨於車後也。

濬按：朝天津，夕西極，意謂自東徂西，勢將不日歸秦。故下皆言西逝，與前「朝蒼梧」二句殊旨。

忽吾行此流沙兮，遵赤水而容與。麾蛟龍以梁津兮，詔西皇使涉予。

舊注：流沙，見禹貢，今西海居延津是也。遵，循也。赤水，出崑崙東南陬，入南海。容與，徐步遊戲貌。以手教曰麾。使蛟龍爲橋于津上，而乘之以渡也。少皞以金德王，金屬西方，故曰西皇。二句亦倒裝，言詔西皇，使蛟龍爲梁也。

路脩遠以多艱兮，騰衆車使徑待。路不周以左轉兮，指西海以爲期。待，古音紙、賄通韻，此又平上通韻也。

舊注：不周，山名。山海經：「西北海之外，有山而不合者，名曰不周。」徑待，使由徑路先過而相待也。

屯余車其千乘兮，齊玉軑而並馳。駕八龍之蜿蜿兮，載雲旗之委蛇。軑音大。蜿，於原反，一作「婉」。馳，古音駝。蛇，徒河反。

舊注：屯，聚也。軑，車轄也。蜿蜿，龍貌。雲旗，以雲爲旗也。

抑志而弭節兮，神高馳之邈邈。奏九歌而舞韶兮，聊假日以媮樂。

舊注：此言遭遇幽厄，雖按節徐行，然神猶高馳，邈邈然而逾遠，不可得而制也。九歌曰奏，大韶曰舞，互文耳。

陟陞皇之赫戲兮，忽臨睨夫舊鄉。僕夫悲余馬懷兮，蜷局顧而不行。戲，許宜反，一作「曦」。睨，五計反。蜷音拳。

舊注：皇，皇天也。赫戲，光明貌。舊鄉，楚國也。蜷局，詰曲不行之貌。

濬按：自念靈氛告吉日將行以下，知滅楚者，秦也。故周游乎天，亦一路西往，而不及東南。迨陟陞皇之處，乃回首南睨舊鄉，至此竟住，無限深憤。○「忽臨睨」，「忽」字始逼到盡處、結處。篇中凡七「忽」字冠首句，自「忽奔走」至此，皆有層次脈絡，猶文中用「不意」、「不覺」、「詎知」等字法也。注家多不深察，故爾迷離。

亂曰：已矣哉！國無人兮，莫我知兮，又何懷乎故都？既莫足與爲美政兮，吾將從彭咸之所居。

舊注：亂者，樂節之名。王逸曰：「理也。所以發理詞指，撮其大要也。」曰何懷故都，乃作絶望之詞，非死無以自處矣。

濬按：國無人，俗之不改也。莫我知，君之不悟也。故都、美政，俱付流水。從彭咸居，歸結一篇。曰「將從」，是志已定，猶未至九年懷沙時。

離騷一篇，自始至終，屈子將一生本領寫盡。其忠悃大旨，全在此篇。屬辭瑰瑋，奇肆古奥，波瀾曲折，往復馳驟，非熟思潛玩，本難驟於會通。篇中字句又多同處。當日作者名爲離騷，後之讀者多爲迷離，不尋其脈絡，渺不知其倫次，且謂其叠複，以此故也。遍閱歷來注解，諸家各有所長。謂以女比君，釋求女爲求君者，因悮以五章美人爲美女，或於女作喻君，又於女作喻賢，前後兩岐，其説遂使君、俗二意混淆不清。而「娥眉」、「兩美」及九章「佳人」、「姱麗」、「佳冶」、「西施」，屈子亦以美女自比，反覿面不覺。豈知千古不朽之文，立言、取喻、字法，俱已斟酌。因後人誤解，大旨反揜耳。惟李安溪先生於求女三節亦主求賢，而又未詳切本文，分貼高丘、春宫、虙妃、娀女、二姚之各别。方伯海先生讀騷雖舉前後分段大旨，而未將君、俗兩意各爲指貼，逐章剖析，是以讀者仍扞格於心。雖明其音韻，詳其字義，達其章句，知其界段，而不能洞悉其脈絡，挈提其綱領，覺離騷篇辭有似九章者，九章篇有似離騷者，總無以明之。矧注家又多以後世鑒畧中事故談柄及詩話評語，凑撮膚演，以注屈文，而於史傳所載屈子當時境遇、同列諸人與楚當日事勢，反不詳考。是以愈解愈離，此何異霧裏看花，月中捉影乎？離騷譬如大地一著，其遠龍發脈，自有絶大力量。至迎送過峽，起伏回顧，脱聚結局，奇異之中俱是位置天然。堪輿家苟不明理氣形勢，從何以知其妙處？讀斯賦者亦然。今家君於此篇以楚世家及屈子傳並九章篇互考參證，融會貫通，一君一俗，或分或合，條分縷析。其字句同處，有是一段轉關脱卸語，有是一篇前後照應處，俱有兩意。前則由讒而怒，由怒而疏，由疏而絀，由絀而放，由放而不忘。欲反中求女，由本國而他國，由高位及下位，由已仕及未仕。前之讒，是王甚任時上官之讒，後之謡諑，是既疏後靳尚、子蘭輩之妬。前之依彭咸，是法諫諍；後之從彭咸，方定死志。前之求女，是真令媒理；後之求女，是聊借消遣。前之委美，是責諸賢自棄其美；後之委美，是言君棄己之美。前之傷靈脩，傷君之變其初約；後之怨靈脩，怨君之不察夫衆人。前之往觀四荒，是求表白申訴之處；後之遠逝周流，聊作浮游自遣之娱。前黨人之偷樂，是入於幽昧；後己之媮樂，則陟於光明。其虚實、淺深、層次、賓主，井然不紊，並無一意是複。於各處註明，欲令初學之士展卷瞭然，如晤千載於一堂，庶古人日月之光，不至爲陰曀所掩也矣！男雲會謹識。

通篇大旨，君、俗二意是骨。本意重在冀君悟，處處責在俗。蓋悟君必先改俗，俗非賢不能改，改俗必當進賢以相助，故篇中多有求賢之事。既無賢可求，是俗終不改，君終不悟也。亂辭仍是二意作結篇。當分七段：首章自序世系，便有宗國不去之意。二章提出名字。三章提出脩字，言名美而脩潔也。四章以脩名當及時自勉，有終身不渝之志。五章撫時序之淹忽，欲與君共脩美政，即以美人領起君。六章言君苟及時求賢，己當爲之導夫先路也。七章治國賴賢，引古爲證。八章舉哲昏之異，言路有耿介、捷徑之別。九章言今之黨人陷君於幽昧捷徑矣，提出黨人，即伏下俗。十章言己欲導君踵武於三王之路，奈君之信讒而反怒何？始叙入疏。十一章因其怒而自歎，指九天以爲正。十二章言君雖初任我，忽又中道改路而有他，余於君實深痛焉。以上重在君。十三四章言己向所滋樹之衆賢既多，今將及時用之乎以渡下俗，然又恐其變節也。十五章於今之際，衆競貪婪嫉妒矣。將衆字領起俗。十六章馳騖非己所急，值此污濁之世，正恐不能保乎向之脩能嘉名也。自首章至此，將立身、事君、被讒之旨，作一大段。十七八章言己之朝夕不違衆芳者，將聯同類以相助也。十九章既不同於世俗，提出俗字，雖衆賢又未必盡與己合志，惟當法前脩，以效彭咸之從容諫諍耳，始伏亂辭結句之志。二十章於今之際，只長自太息掩涕，何因諫之故而反見絀乎？二十一章君雖替我，余之嘉謀益屢陳而不已，雖死猶未悔，伏下段悔字，以後遂三言死。二十二章如此能無怨乎?通篇只此處露一怨字。君之不察,俗之多嫉,至於此極。二十三章俗之多嫉固久已,競承風旨,盡工巧相構我矣。二十四章言己獨窮困,此時乃遭放流,然雖放流,寧死而不忍從俗。二十五章君子之不儕於俗,自古皆然,孰能苟合而相安。二十六章屈抑心志,寧清白以死,要爲前聖之所許也。自十七章至此,將既絀而放,誓死不變之旨,作一小段。以上責在俗。二十七章又用悔字作一頓挫,有水窮山盡伏起之妙。以下又從自己身上,合君與俗言,言悔己之相道不察,獨趨於直道,將延佇而反道乎?二十八章正回車,仍是芳路,仍是芳服,故不可以反。「初服」句領下。二十九章竟體皆芳,雖不吾知己之芳,自芳也。三十章又不但芳并玉佩雜糅,質皆盡善矣。三十一章於悔之中,忽自反顧,芳澤彌章,提出四荒,伏後遠逝周流。三十二章雖悔之,奈本性所樂,終不能自懲何?懲字應前悔字。自二十七章至此,抑揚曲折,往復盤旋。將自明芳潔之旨,作一小段。三十三至三十五章又起一峯,婞直違俗而不余聽,借女嬃之言道出,作一波瀾頓挫。三十六章賢姊骨肉尚勸其勿婞直違俗,滿腔憤懣,無可表白,只得折衷古聖。三十七至四十三章,借陳重華之詞,歷陳法戒以悟君。四十四章至四十六,將自己遭遇歔欷泣訴古聖,亦不爲之可否,且再求可告之門，只得上訴於天。四十七至五十二章，訴天又不納，以喻極力諫君。雷師等喻讒人壅蔽，嘉謀不納矣。自三十六章至此，將中情欲訴，陳戒悟君之旨，作一大段。五十三章又作一紐子，時將罷，孤芳自賞，計無如何，不得不求同志相助，起下求女之念。五十四五章求之本國，在楚之高位及下位者，俱無可求。五十六至五十八章，或者求之敵國秦人，而敵國之女又驕傲不宜求。五十九至六十一章，或求之列國，而我國無良媒。列國之女先事有主，又不能求。六十二三章即求之未仕在野者，而楚無賢君臣，草茅之賢又不肯爲之出。六十四章二句結上，二句起下。將俗與君總一束，言既無賢君臣，又不忍懷情不發，起下問占之詞。自五十三章至此，將求賢相助之旨，作一小段。六十五至六十七章，又別開生面，故爲寬緩以收急節，設一靈氛作波瀾。靈氛主求女，是急於俗之改是主。六十八章原自念俗之嫉賢，縱求之，必不能容也。六十九章靈氛之言難恃，且再問巫咸，又設一巫咸作波瀾。七十章至七十四章，巫咸告以求君是急，於君之悟是賓。七十五章言衆俗之蔽美嫉賢，雖如巫咸之言，又無如黨人之薆蔽而折妬何。七十六至八十章，言黨人既不諒，則不可以淹留。或者望之舊僚，乃向所滋樹之蘭蕙，今皆變爲蕭艾矣。至此明言衆賢改節，衆芳不芳，皆俗移之也。自六十五章至此，將不好脩歸罪黨人之旨，作一大段。八十一至八十四章，言惟己獨不變節，故爲君所棄。君既棄，而孤芳自賞，又不得不聊借求女以周流消遣，明是無望之望，故還念靈氛之言，於是決意周流矣。八十五至九十一章，雖周流，總無同氣可與，惟是屏去一切氣類，純恃貞堅粹質，專任孤操，不復求矣。一路西往而不及東南，知滅楚者秦也。迨陟陞皇之處，乃回首南睨舊鄉，咄然而止，不勝僕悲馬懷，總是不忍舍故都，不忘欲反也。然終無可奈何，卒不可以反。自八十一章至此，將聊作周流，不忍故鄉之旨，作一小段。九十二章亂辭，知君終不悟，俗終不改，乃作絕望之詞。故都、美政，俱付流水。從彭咸居，歸結一篇。文情離奇變化，起伏頓挫，其承遞、轉關、詰曲、構思俱有至理，真非可以淺求。其文四句爲一韻，又或六句爲一韻，參差不一。此依舊本所列九十二章，於通篇章旨畧串其大概，分其段落，以稍識課讀云。又字法俱有照應，嘉名、脩能，應脩名。○棄穢應信芳。○年歲、春秋，應朝夕、老至。○扈、紉、冠、佩，應初服、衣裳。○九天應上征。○四荒應遠逝、周流。○珵美應瓊佩。○峻茂應蕪穢。姤，折。變，化。○馳騁、導路、遵路，應先後、踵武、相道、復路。○方圓、規矩、繩墨，應鑿枘、矩矱、中正。○太息、掩涕，應歔欷、流涕。○前聖應前聖。○悔應懲。○三后即後湯、禹、周。○堯、舜、啓、武丁、齊桓、高辛、少康、紂、桀、夏康、羿、帝閽、哲王、美人、荃、靈脩，俱指君。○黨人、世俗、時俗、衆女、讒媒、蔽美、嫉妒、謡諑、緯繣、佻巧、嫉賢、稱惡、工巧、追曲、改錯、專佞、慢諂、溷濁，俱指俗。○騏驥、鳳凰、蘭芷、申椒、菌桂、蕙茝、薜荔、胡繩、蘺莽、揭車、杜蘅、秋菊、芰荷、芙蓉、瓊茅、衆芳等，俱是芳以比賢及自比者，以氣類相求故也。下女、虙妃、佚女、二姚、閨中、娥眉、姱節，以女比賢及自比者，亦同氣相求之義也。後半單用珵美、瓊佩、瓊枝、瓊靡、瑶象、玉虯、玉鸞、玉軑，俱是澤以自比者，則無氣類，專恃堅質孤操矣。摯、皋繇、傅説、吕望、甯戚、鷙鳥、鷖、鳳凰、飛龍，俱自比；鴆、雄鳩、鵜鴂、雷師、蕭艾、蘇糞壤、薋菉葹，俱比小人。信姱、姱節、練要、清白、謇謇、婞直、好脩、信脩、中正，自明忠直也。九死、溘死、死直、危死，四言死，兩言彭咸，誓死不變也。十三言美，美字公共也。一言怨，怨慕也。兩言抑志，志可悲也。推此志也，史遷之稱爲「與日月争光」者也。會附識。

【校記】

［一］匡，原作「糾」，據顔師古匡謬正俗改。

〔二〕音，原作「立」，據吴才老韻補改。

〔三〕情，原作「佳」，據本文韻字改。

〔四〕音，原作「立」，據朱熹集注改。

〔五〕誘，原作「誇」，據淮南高注改。

讀騷大意淺説

家君著是篇，所謂入明夷之左腹，鞭羲和於奥隅也。仲弟計章分段讀之，盡其旨矣。然猶恐初學者畏其冗浩，艱於悉數，則仍不能了了。故愚復取淺近之辭，作代語氣之法，以約其説，庶俾深者見深，淺者見淺云爾。

屈子若曰：予顓頊苗裔也，自先祖瑕受屈爲卿，因以爲氏。迨予父曰伯庸，於寅年正月庚寅日生予。覽揆予初度，肇錫嘉名。名曰平，字曰原。重予生質之美也。予又益之以脩能，而被服於芳。及時黽勉，朝夕勤無已焉。自是歷仕，春秋代序，覩草木零落，恒恐王之遲暮也。方爲王左徒，王甚任予，即思爲王導乎先路。緬從古之純粹也，固賴多賢是輔。堯舜尚矣，三后遵之而得路，桀紂捷徑而失之，其顯然者。若小人悞國害正，則恐皇輿敗績，予是以奔走後先，導王踵武乎三王。不期王乃信讒而疏予，予固患言之之難也，即指天正明。王始曰昏以爲期，又忽悔遁而有他。予是以傷王之無常操。憶予昔爲三閭大夫，時掌王族昭、屈、景三姓之教，滋蘭樹蕙，培植親賢。今予雖萎絶何傷？惟恐予退而衆芳漸蕪穢改節耳。兹當小人競進，所求無厭，予偏急與馳騖，争邪正，不知老將至者。爲此脩名，所以飲蘭餐菊，久要舊約，合衆賢相助應。即人不皆如予意，而願以彭咸之諫爲則也。予長太息焉，正在鞿羈，何竟朝諫而夕替，疏且絀耶？雖然予之諫，九死不悔，既絀又諫，予惟怨王之終不察也。於是羣邪謡諑，競承風旨，相搆而放予。甚矣，予寧溘死放流，不忍爲此衆態也。夫鷙鳥不羣，屈心死直，固前聖之所厚。雖悔相道之不察，予寧忘欲反乎？依蘭椒以脩初服，集衆芳以安獨善，昭質其未虧矣。忽反顧焉，將往觀四荒乎，芳益難掩也。生民各有所樂，豈予心之可懲。不謂女兄之賢，亦詈予之婞直違俗，煢獨見欺。予因不得不依古聖以節中，訴於重華矣。予謂夏康之娱樂，后羿之淫遊，澆之縱欲自娱，桀、紂之背天醢臣，卒以逢殃而覆宗。惟禹、湯、周王皆循繩墨而無頗，可知皇天無親，佑德從來不爽。予今身獨危死，非予行有可悔也。哀予生之不逢時，遂不覺涕其盈襟。陳詞畢而古聖不爲予可否，不得已，其上征而訴於天乎？將朝發夕至，一往邁征，入崦嵫以求可訴之路。遂飲馬揔轡，望舒使先驅焉，飛廉使後屬焉。何飄風偏帥雲霓而來御，離合上下，致予叫閶闔而不應，是訴天又不通矣。時將罷而孤芳獨賞，世又好蔽美而嫉妬。登閬風而反顧，計惟有求賢一策。奈高丘無女，楚之高位者無賢可求也。其轉望之春宫，相詒以下女乎，亦不可得，遂求之敵國。若虙妃所在，藉蹇脩以爲理，乃卒偃蹇淫遊。敵國來者不可信、不可求也。其求之列國乎，下望瑶臺而見有娀之佚女。欲令鴆爲媒，鴆、鳩猶豫不可使。高辛先我，已仕有主者，不能求也。欲遠集無所止，不如求本國未仕之賢，如二姚尚留者。因理弱媒拙，决不爲之出，則無可求矣。如是俗不改，君不悟，予焉忍而與此終古？且卜之靈氛，靈氛勉予以遠逝。予曰世路幽昧，誰察善惡，不以蘭爲不可佩，必謂申椒其不芳。靈氛之占難恃，巫咸將夕降焉。予再問之神，告予以直求君，勉予陞降，以求矩矱，如摯、咎繇之遇湯、禹，傅説之遇武丁，吕望之遇周文，甯戚之遇齊桓。遇合奚用行媒，惟須及時求之，遲恐衆賢改節矣。予欲從巫咸言，則剛方易爲衆所蔽，繽紛變易，必不可淹留。或者望之同僚舊契乎，但昔日芳草，今皆蕭艾。蘭無實而苟列，椒專佞以慢慆，亦何芳之能祗？覽蘭椒其若兹，况其次者？惟不變節如予，故美爲王所委至此極也。賢無可求，只得周流觀乎上下。時靈氛已告予吉占，歷吉日予其將行。寧遠逝以自疏，不復有求矣。將邅吾道於崑崙，朝發夕至。導赤水，麾蛟龍，詔西皇使涉予路。縱脩遠多艱，屯車千乘，齊玉軑而並馳，抑志弭節，神猶高馳，勢必西往也。迨陟陞皇之赫戲，而忽南睨。僕旋悲，予馬其不行。已矣哉！國無人，俗不改也；莫我知，君不悟也。故都、美政，悉付流水，吾將從彭咸之所居。男雲從謹識。

楚辭卷二

分寧胡濬源乙燈增注

男雲從、雲行、雲翼、會凌、作
姪友梅、蘭內姪張奉仁　仝校字

九歌卷二

舊注：九歌以下，屈原見放於頃襄王而作也。昔楚南郢之邑，沅、湘之間，其俗信鬼而好祀，其祀必使巫覡作樂歌舞以娱神，然詞多鄙俚。屈原放逐，見而感之，故頗爲更定其詞，以寄吾忠君愛國之意。

濬按：九歌是代女巫口氣，歌以媚神。如今世俗僧道巫覡，香火科呪，及演戲奉神戲曲，皆不隸樂府，非祭禮之雅樂也。若認作主祭之詞，則湘君、夫人挑瀆已甚，非大不通乎？從來注家多欠分曉。近有集解云：湘君篇，君召夫人；夫人篇，夫人答君。是又代神贈答，與祭者無

謂，亦屬臆説曲解。玩末章「姱女倡」句，自知女倡即巫。若朝廷典禮，當有工祝，不當任之女巫。蓋女巫媚神，自上古歷夏、商以來，久已成俗。商書伊訓曰：「敢有恒舞于宫，酣歌于室，時謂巫風。」周初大姬封陳，好巫覡歌舞，其民化之，故陳風有宛丘之章。其風只在民間，不惟楚沅、湘，而沅、湘尤甚且鄙。屈子特借其詞，文之以寄意耳。大要謂巫風足亡國，因之感觸。晉書夏統傳：「統從父敬寧祠先人，迎女巫章丹、陳珠二人，並有國色，莊服甚麗，善歌舞，又能隱形匿影。甲夜之初，撞鐘擊鼓，間以絲竹，丹、珠乃拔刀破舌，吞刀吐火，雲霧杳冥，流光電發。統諸從兄弟欲往觀之，紿統並往。入門，忽見丹，珠在中庭，輕步佪舞，靈談鬼笑，飛觸挑抃，酬酢翩翻。統驚愕而走。」是此俗至晉猶然。直迨元魏孝文延興二年，始詔孔廟「不許女巫妖覡淫進鼓舞」。又齊書禮志，何佟之議引周禮「女巫旱暵則舞雩」，鄭玄注：「使女巫舞旱祭。」鄭衆云：「求雨以女巫。」佟之又云：「今之女巫並不習歌舞，方就教試，恐不應速。」則古女巫之有歌，歌有詞，九歌之爲歌詞也明矣。顧從來注家誤以爲樂章，何哉？

九歌寄意君國，亦不可泥定篇篇比君。泥之，則「山鬼」既不可比君，「國殤」亦不倫，湘君、夫人終牽强。若必欲指實，惟東皇以比懷王。時王在秦，故末有「樂康」句祝之也。雲中以比襄王。雲中，楚大澤也，有國之謂。二篇辭氣皆甚莊嚴。湘君、夫人比舊同氣宿賢，如離騷以女比賢之意，故多道情思。二「司命」

比當國執政，故有與君「導帝九阬」句及「夕宿帝郊」句，明當共忠於王也。東君以日比君，即以天狼比君側近嬖也。河伯遠隔江、漢，比出使約縱之賢行人，當日國勢所賴。「山鬼」比用事者，如靳尚之徒。國殤、禮魂，則明言將帥忠義之臣，兼以自比也。比意皆露各章末，如此似稍可通，要無庸鑿。

第一篇大旨

舊注： 太乙，天之尊神。祠在楚東，以配東，故曰東皇。漢書：「天神貴者太乙。」淮南子：「太微者，太乙之庭。紫宫者，太乙之居。」

濬按： 東皇太乙，比懷王也。王逸章句題皆在各歌後，本三百篇法也。兹先注篇旨於前者，以題有新解，與歌旨合，欲讀者易曉也。

吉日兮辰良，穆將愉兮上皇。撫長劍兮玉珥，璆鏘鳴兮琳琅。璆，渠幽反。鏘，一作「鎗」。琅，俗作「瑯」。

舊注： 穆，静而有和意。愉，樂也。上皇，東皇也。珥，劍鼻。璆、鏘，皆玉聲。琳琅，美玉名。

言卜日齋戒，帶劍佩玉，以事神也。

濬按：此瞻神也。時襄王嗣位，懷王在秦，故以上皇比之。

瑤席兮玉瑱，盍將把兮瓊芳。蕙肴蒸兮蘭藉，奠桂酒兮椒漿。瑱音鎮。蒸，一作「烝」。藉，兹夜反。

舊注：瑱與鎮同，所以壓神位之席。盍，當訓如「朋盍簪」之「盍」，合也。把，持也。瓊，指上瑤玉。芳，指下蕙、蘭、桂、椒。肴，骨體。蒸，進也。以蕙裹肴而進之，又以蘭爲藉也。桂酒、椒漿，以桂椒漬酒漿中也。此言祭品之潔。

濬按：此享神也。

揚枹兮拊鼓，疏緩節兮安歌，陳竽瑟兮浩倡。靈偃蹇兮姣服，芳菲菲兮滿堂。五音紛兮繁會，君欣欣兮樂康。枹，一作「桴」。疏，平聲。倡，蚩良反。姣，一作「妖」，古通用。

舊注：疏，希也。舉枹擊鼓，緩節而舞，徐歌相和，從容以竢之。繼而陳列竽瑟，大倡作樂，以娛之神靈。居高而容仰，故曰偃蹇，其貌之尊嚴也。五音繁會，樂合奏而大成也。此言歌舞之備。

濬按： 望懷王庶幾復國而欣欣樂康也。〇此祝神也。

右東皇太乙

第二篇大旨

舊注： 雲神也。亦見漢書郊祀志。

濬按： 比襄王也。雲中君，即雲夢之神。左傳「楚子涉睢濟江，入於雲中。」楚封内祀也，與下湘君、夫人類。若以爲雲神，則是望祀，不宜在星日之前，且何以獨無風師、雨師及雷師？漢志列東君後者，與此殊。

浴蘭湯兮沐芳，華采衣兮若英。靈連踡兮既留，爛昭昭兮未央。英，古音央。蜷音拳。

舊注： 英，花英。言五采之衣，鮮明若華之英，寫雲之色。連蜷，長曲貌，寫雲之態。既留，言雲在天，昭昭未央盡也。

濬按：此迎神而望其來也。

謇將憺兮壽宮，與日月兮齊光。龍駕兮帝服，聊翺遊兮周章。憺，徒濫反。宮，朱子叶古荒反。按古東、陽韻多有通者。

舊注：憺，安也。壽宮，供神處。○雲無定在，望其降而安於此也。得日月而益絢爛，故曰齊光。雲從龍，故曰龍駕。帝服彰施五采，故曰帝服。翺遊、周章，言其將下降也。

濬按：雲中直稱帝服，以前東皇直稱上皇，知前比懷，此比襄也。以後諸神，則僅稱帝子、君、公子、汝靈之類，無此稱者。日月齊光，明比懷王在秦，襄王新嗣位氣象。○此言神之來。

靈皇皇兮既降，猋遠舉兮雲中。覽冀州兮有餘，横四海兮焉窮。思夫君兮太息，極勞心兮忡忡。降，户工反。猋，卑遥反，從三犬。夫音扶。忡，尨冬反，一作「忡」。

舊注：皇皇，美貌。猋，去疾貌。冀爲九州之首，故先言冀州。有餘，猶言一覽無餘也。横，充也。充滿四海，無窮極也。路史：「中國揔謂之冀州。」覽冀州，猶言覽中國也。正寫雲在天上，居高俯視之態。夫君，謂神也。𢥞𢥞，心動貌。

濬按：望襄王庶幾振作猋舉，則九州四海可横覽，故思之太息也。○此言神饗而去。○送神。

右雲中君

第三篇大旨

舊注：以湘君爲水神，湘夫人乃舜二妃。郭璞云：「天帝之二女，處江爲神。」江、湘之有夫人，猶河、洛之有虙妃也。禮，五嶽比三公，四瀆比諸侯。湘川不及四瀆，無秩於命祀。而堯二女乃帝者之后，配靈神祇，無緣下[二]降小水而爲夫人也。韓退之黄陵廟碑以娥皇爲湘君，女英爲湘水夫人，後世宗之。杜子美有湘夫人祠詩，命題蓋本王逸之説。合諸家攷之，郭其近是耶？

濬按：生爲堯女、舜后，死又配靈神祇，不通之甚。總之，郭説爲是。韓説爲通究竟，郭説雖荒渺，却不可破。蓋謂二妃從舜征三苗道死，則天子出征，斷無帝后從師之理。且近荒淫，何以爲聖人？若謂舜南巡崩，葬蒼梧，二妃從之不及，溺死，則舜陟年百有十歲。二妃釐降，已在舜三十登庸時，計觀型亦必二十上下。至舜百十歲，當亦百歲，或九十餘矣。如是老嫗，豈猶堪歌窈窕，配神祇，作湘水神乎？韓謂不可信，亦終不能解惑，不如郭謂天帝女較長。但二妃豈惟不應降小夫人，考魏景初元年立郊社，以舜爲始祖，配皇皇帝天，二妃伊耆氏配皇皇后地，是已尊之之至。王逸在漢，固不及知；景純晉人，亦何未及引駁？况舜南巡崩，二妃從之之説，出禮記及劉向列女傳，亦明非征苗時，不得謂二嫗之未老也。若唐范攄雲溪友議載李羣玉事，則小説妖言，由讀楚詞不通故也，亦由注楚詞不通之罪。○此比舊同氣、同輩諸賢也。

君不行兮夷猶，蹇誰留兮中洲？美要渺兮宜脩，沛吾乘兮桂舟。令沅湘兮無波，使江水兮安流。望夫君兮未來，吹參差兮誰思？要，漢書作「幼」，於笑反。眇與妙同。來，力之反。參差，一作「篸篫」。

舊注：夷猶，猶豫也。中洲，洲中也。要眇，好貌。脩，飾也。沛，行貌。參差，洞簫其形參差不齊，象鳳翼也。

駕飛龍兮北征，邅吾道兮洞庭。薜荔柏兮蕙綢，蓀橈兮蘭旌。望涔陽兮極浦，横大江兮揚靈。邅，池戰反。柏，一作「拍」，並音博。綢音幬。

舊注：駕龍者，以龍翼舟也。邅，轉也。拍，擘以爲繩索也。綢，縛束也。舟中所用繩索之類。薜荔言拍，蕙言綢，互文耳。總言其器物之芳。涔陽，江碕名，曲岸頭也。揚靈者，揚其光靈，猶言發舒意氣也。

揚靈兮未極，女嬋媛兮爲余太息。橫流涕兮潺湲，隱思君兮陫側。陫，符沸反。

舊注：未極，未得所止也。女，似指湘君侍女。隱，痛。陫，隱。側，不安也。○此章始言其望之不來也。女，似指延神伺候之人。侍女亦解嗟歎已，不禁其流涕陫側矣。

濬按：女，即巫之同侣也。若晉書之章丹、陳珠二人，並國色者也。指爲延神伺候之人，豈有當祭而帶侍女乎？

桂櫂兮蘭枻，斲冰兮積雪。采薜荔兮水中，搴芙蓉兮木末。心不同兮媒勞，恩不甚兮輕絶。枻音曳，晦翁叶音泄。末，吴才老叶莫結反。按古音皆有去聲。雪，相例反。○末，莫佩反。絶，疾例反。

舊注：其櫂也桂，其枻也蘭。水擊似斲冰，水揚似積雪。示芳示潔，寓意良妙。采薜荔四語，則以爲神不答之比。

濬按：薜荔不可於水中采，芙蓉不能於木末搴，及下二句，皆是謔語、趣話，豈主祭之詞？

石瀨兮淺淺，飛龍兮翩翩。交不忠兮怨長，期不信兮告余以不閒。淺音牋。閒，不必叶。

舊注：淺淺迅流，瀨不可返。翩翩疾飛，龍不可挽。「交不忠」二語，又以爲神不答之比，不然而冀其且然之詞也。

濬按：語狎成諢，惟女巫口中則趣。若晉書之靈談鬼笑。

鼂騁騖兮江皋，夕弭節兮北渚。鳥次兮屋上，水周兮堂下。鼂與朝同。下，古音户。

舊注：騁，直馳也。騖，亂馳也。弭，按也。○此言其候神之久也，朝非一朝，夕非一夕。鳥次水周，惟見景况之凄凉耳。

捐余玦兮江中，遺余佩兮澧浦。采芳洲兮杜若，將以遺兮下女。旹不可兮再得，聊逍遥兮容與。捐音沿。遺，上字平聲，下字去聲。

舊注： 捐玦遺佩，以貽湘君也。不敢顯然致之，故但委于水濱，若捐棄而墜失者然也。

濬按： 舊同氣同輩諸賢，望當及時圖國，時不可再也。如黄歇、昭睢諫王毋入秦，及陳軫獨弔之流。下女，與離騷篇下女同。

右湘君

第四篇大旨

舊注： 合見上湘君篇。

濬按： 比舊同氣、後輩諸賢也。

帝子降兮北渚，目眇眇兮愁予。嫋嫋兮秋風，洞庭波兮木葉下。予，古音與。嫋音了。下，古音户。

舊注：眇眇，細小貌。微蹙其目，以望神也。愁予者，望之不見，故使我愁也。嫋嫋，長弱之貌。秋風起，則洞庭生波而木葉下矣。蓋記其時也。朱可亭曰：「秋風二語，開六朝、唐人無數奇句。」

登白薠兮騁望，與佳期兮夕張。鳥何萃兮蘋中，罾何爲兮木上。薠音煩。張音帳。

舊注：薠草秋生湖澤，鴈所食也。佳，佳人也。張，張設帷幄也。蘋，水草。罾，魚網。二物所施不得其所，以比夕張之地非神所處，而必不來也。○佳期，即言神降之期。想望之極，一似恍惚有與之期者。神降多以夜，故夕張以候之。

濬按：惟女巫語，方不成打諢。○若是主祭語，則女神而佳期夕張，幾逼枕席，成何話。

沅有茝兮澧有蘭，思公子兮未敢言。荒忽兮遠望，觀流水兮潺湲。蘭、言、湲本通韻。

舊注：公子，謂湘夫人。未敢言者，尊而神之，懼其瀆也。上二句，晦翁以爲反興，正猶越人之歌所謂「山有木兮木有枝，心悦君兮君不知」也。遠望而徒有潺湲之觀，亦猶前歌鳥次水周之意。

濬按：不作女巫語氣，而以爲祭者之詞，終是褻瀆。且下文召余偕逝至終篇投袂遺褋，不幾類鄭交甫乎？祀神而當面慢褻，豈有此理？

麋何爲兮庭中，蛟何爲兮水裔？朝馳余馬兮江皋，夕濟兮西澨。上「爲」字，一本作「食」。

舊注：裔，邊也。麋不在山林而在庭中，蛟不在深淵而在水裔，以比神不可見，而望之者失其所當也。○此望遠所見也。庭中忽有麋，水裔忽有蛟，疑夫人之將降也。江皋、西澨，求之於此，而復求之於彼也。

聞佳人兮召予，將騰駕兮偕逝。築室兮水中，葺之兮荷蓋。蓋，朱叶居又反。按祭、泰本通韻。

舊注：佳人，謂夫人。如聞其召，與詩帝謂文王同一思理；築室水中，亦與詩蒹葭「所謂伊人，在水一方」同一縹緲。

蓀壁兮紫壇，匊芳椒兮成堂。桂棟兮蘭橑，辛夷楣兮葯房。罔薜荔兮爲帷，擗蕙櫋兮既張。白玉兮爲鎮，疏石蘭兮爲芳。芷葺兮荷屋，繚之兮杜衡。壇音善。才老讀徒黄反。匊，古播字，本作「囷」，一作「播」。成，一作「盈」。橑音老。罔與網同。擗，一作「辟」，普覓反，一作「擘」。櫋音棉。鎮，一作「瑱」。繚音了。蘅，古音杭通。

舊注：紫，紫貝也。壇，中庭也。匊，布也。蘭，木蘭也。橑，椽也。楣，門户上横梁也。葯，白芷葉也。罔，結也。結以爲帷帳也。在旁曰帷。擗，析也。櫋，屋櫋聯也。析蕙亦以爲網，張於櫋屋之上也。鎮，壓坐席者。石蘭，香草。疏，分布也。繚，縛束也。

合百草兮實庭，建芳馨兮廡門。九嶷繽兮其並迎，靈之來兮如雲。廡音武。嶷，一作「疑」。

舊注：廡，蕃廡也。將築室依湘夫人爲鄰，而九嶷之神復迎之以去也。〇下二句正言神之降也。離騷「九疑繽其並迎」，明言神降，正與此同。

捐余袂兮江中，遺余褋兮澧浦。搴汀洲兮杜若，將以遺兮遠者。時不可兮驟得，聊逍遥兮容與。褋音牒。者，古音渚，又集韻者有覩音。

舊注： 褋，襜褕也。汀，平也。遠者，亦謂夫人之侍女。以其難可得見，故謂之遠者。

濬按： 舊同氣、後輩諸賢當俟時有爲，不必驟不得志而恝也。驟，急速也，頂遠者。遠者，猶言他日後輩，如莊辛及弟子宋玉之流。〇二篇皆以女巫媚女神，故情致纏綿。末皆有持贈，語不嫌褻，然寓意諷色荒也。曹植作雒神賦以諷丕，倣此。

右湘夫人

第五篇大旨

舊注： 周禮大宗伯：「以槱燎祀司中、司命。」星傳云：「三台，上台曰司命。」又：「文昌宫第四亦曰司命。」故有兩司命也。

濬按： 比當國執政者也。

廣開兮天門，紛吾乘兮玄雲。令飄風兮先驅，使湅雨兮灑塵。令，平聲。湅音東，從水。雲、塵韻本通，不必叶。

舊注：吾，主祭者之自稱也。乘玄雲者，知神將降而往迎之也。飄風，回風也。涷雨，暴雨也。○紛吾乘，亦指神言。楚辭「余」字、「吾」字，多有代人稱者。補引漢樂歌云「靈之車，結玄雲」是也。此言神之將降。

君迴翔兮以下，踰空桑兮從女。紛總總兮九州，何壽夭兮在予。下，古音户。女讀作汝。予，古音與。

舊注：君與女皆指神。空桑，山名。予者，贊神而爲其自謂之稱。

高飛兮安翔，乘清氣兮御陰陽。吾與君兮齊速，導帝之兮九阬。齊，如字。速，禮記作「遫」。阬，若岡反。説文：「從阜，亢聲。」韻補：「阬，或作坑。」

舊注：齊速，整齊而疾速也。之，適也。阬與岡同，謂山脊也。九阬者，周禮職方氏：九州之山鎮也。

靈衣兮被被，玉佩兮陸離。壹陰兮壹陽，衆莫知兮余所爲。被，一作「披」。按古音被音坡。離音羅。爲音譌。

舊注：被被，長貌。○余，猶己也。言司命開闔變化，制萬民之命，實民自取，衆人乃不知爲己之所爲也。

折疏麻兮瑶華，將以遺兮離居。老冉冉兮既極，不寖近兮愈疏。華，古音敷。遺，去聲。寖，一作「侵」，一作「浸」。愈，一作「踰」。

舊注：疏麻，神麻也。瑶華，麻花也。離居，即指神也。此神既去而思之也。自傷以既老之日，不漸近而轉疏也。

乘龍兮轔轔，高駝兮沖天。結桂枝兮延竚，羌愈思兮愁人。轔，一作「軨」。補曰：「今詩作鄰。」駝，古馳字。天，古音鐵因反。才老曰：「毛詩、周易，凡天皆當爲此讀。」

舊注：轔轔，車聲。此言神之既去，與己愈疏，徒延望而怨思也。

愁人兮奈何，願若今兮無虧。固人命兮有當，孰離合兮可爲。虧，古音去禾反。當，丁浪反。爲，古音譌。

舊注：九歌諸章，初無一字及於理，獨此處云云者，正以其爲大司命，禍福理數於是出，可以伸吾正氣之談也。

濬按：令尹司人命，當舉賢，不可任意離合也，如公子蘭。

右大司命

第六篇大旨

舊注：按前篇注説有兩司命，則彼固爲上台，而此則文昌第四星與？

濬按：少司命，比當時寵任者也。

穐蘭兮麋蕪，羅生兮堂下。綠葉兮素枝，芳菲菲兮襲予。夫人兮自有美子，蓀何以兮愁苦。 蘪，或從草。下、予，音見前。夫音扶。蓀，一作「荃」。

舊注：蘪蕪，芎藭也。其葉倍香。夫人，即指神。美子，所美之人也。蓀，即指夫人。言其不與己合，何爲以我而愁苦也。

穐蘭兮青青，緑葉兮紫莖。滿堂兮美人，忽獨與余兮目成。 青音菁。

舊注：青青，茂盛貌。神靈充溢堂下，謂滿堂美人也。迎神者衆而注目者余，故曰獨也。○美人，即上美子，諸臣也。

濬按：滿堂美人，獨與余目成，即此便是女巫語氣。若是主祭，如此嬉謾，何以祀神？○忽獨目成句，明似上官見令稿欲奪時光景。

入不言兮出不辭，乘回風兮載雲旗。悲莫悲兮生別離，樂莫樂兮新相知。

舊注：生別離，當思其寓意之妙。前章曰「離居」，曰「不寖近兮愈疏」，離合之際，固古人所深感也，況屈子當年情事乎！○回風、雲旗，以比讒人。末二語見其志意，暌離而長歎之也。

荷衣兮蕙帶，儵而來兮忽而逝。夕宿兮帝郊，君誰須兮雲之際。帶，才老讀丁計切。〈釋名〉：「帶，蔕也。著于衣，如物之繫蔕也。」儵，一作「倏」。

舊注：誰須，幸其有意而顧己也。○言向之目成，獨我耳，今則誰須耶？似悲似妬。二章本其繼而言。

與女沐兮咸池，晞女髮兮陽之阿。望媺人兮未徠，臨風怳兮浩歌。

舊注：咸池，星名，蓋天池也。○此留神之辭，因其來去無定，而與之期也。望之未來，始恍然自失，不禁臨風而浩歌也。此雖知其與己暌離，而猶無絶望之意，故有末章云云也。

孔蓋兮翠旍，登九天兮撫彗星。慫長劍兮擁幼艾，蓀獨宜兮爲民正。旍，一作「旌」。慫，一作「竦」。正，平去通韻。○蓀，一本作「荃」。

舊注：孔蓋，以孔雀尾爲蓋。翠旍，以翡翠爲旌。撫，掃除也。彗星，妖星。慫，挺拔之意。言其正直，能除凶穢，爲民正也。

濬按：寵任如子椒、上官大夫者，宜矢公爲民正也。

右少司命

第七篇大旨

舊注：此日神也。漢志亦有東君。

濬按：東君，以日比君，即以天狼比君側近嬖也。狼在東方。

暾將出兮東方，照吾檻兮扶桑。撫余馬兮安驅，夜皎皎兮既明。皎與皎同。明，謨郎反。

舊注：日始出曰暾。驅馬以迎神也。〇「照吾檻兮扶桑」，亦倒句，言日自扶桑之處，先照吾檻，于是從容往迎，而以夜之既明爲幸也。朱可亭曰：「日者，君象。皎皎既明，有燭照覆盆之喜，非復長夜漫漫之象矣。」蓋深致望於君也。

駕龍輈兮乘雷，載雲旗兮委蛇。長太息兮將上，心低徊兮顧懷。羌聲色兮娱人，觀者憺兮忘歸。蛇，古音徒河反。此用入，微、灰皆韻。

舊注：龍形曲似車轅，故曰龍輈。雷氣轉似輪，故曰乘雷。旗飄動似雲，故曰雲旗。言乘車載旗以迎日也。聲色娱人，言日出之時，聲光可愛，不必指下方鐘鼓等事。

濬按：聲色娱人，便有指近譬意。

絚瑟兮交鼓，簫鐘兮瑶簴。鳴篪兮吹竽，思靈保兮賢姱。翾飛兮翠曾，展詩兮會舞。應律兮合節，靈之來兮蔽日。絚，古登反。篪同箎。姱古音枯，平上通韻。曾翻同。節，晦翁叶音即。按質、屑，古通韻。○姱，一本作「嫮」。

舊注：絚，急張弦也。交鼓，對擊鼓也。周禮有「鐘笙之樂」，注「與鐘聲相應之笙」。然則簫鐘，與簫聲相應之鐘與？簴，懸鐘木也。瑶，以玉飾之。篪以竹爲之，一孔上出，横吹之。靈保，神巫也。翾，小飛輕揚貌。曾，翥飛也。言巫舞若翠鳥之舉。展詩，猶陳詩也。會舞，合舞也。應律，言音。合節，言舞。作樂之盛也。

濬按：靈保賢姱，靈來蔽日，亦有意。

青雲衣兮白霓裳，舉長矢兮射天狼。操余弧兮反淪降，援北斗兮酌桂漿。撰余轡兮高駝翔，杳冥冥兮以東行。射，食亦反。降，本音户工反，此入陽韻，讀胡剛反。撰，雛免反。駝，古馳字。行，古音杭。

舊注：青衣白裳，用日出入方色以爲飾也。天狼星主侵掠。弧星主備盜賊。淪降，言日下入也。撰，持也。杳冥冥，日下太陰，不見其光，直東行而復上出也。

濬按：近侍，蔽君之天狼，望君射去之，庶淪降可反也。如鄭袖寵姬之類。○天官書：狼角變色，多盜賊。矢救日，枉矢。弧救日，弓。

右東君

第八篇大旨

舊注：以爲馮夷，其言荒誕，不可稽考。今闕之。大率以爲黄河之神耳。

濬按：河伯，比舊同出使約縱之賢也。

與女遊兮九河[二]，衝風起兮水横波。乘水車兮荷蓋，駕兩龍兮驂螭。女讀汝。横，一作「水揚」二字。螭，古音丑戈反。

舊注：女，指河伯。九河：徒駭、太史、馬頰、復鬴、胡蘇、簡、潔、鉤盤、鬲津也。螭，龍屬。○此迎河伯未見，而預擬之辭。

登崑崙兮四望，心飛揚兮浩蕩。日將暮兮悵忘歸，惟極浦兮寤懷。懷，虚韋反。按微、灰，本通韻。

舊注：河出崑崙虚，百里一小曲，千里一曲一直。○此言遡流而上，往迎河伯，直至河發源之處。登高四望，其心迫切，至于日暮忘歸，寤懷遠浦也。

魚鱗屋兮龍堂，紫貝闕兮朱宫，靈何爲兮水中。堂，晦翁叶音同。○按東、陽韻有互通者，此其一。

舊注：此言河伯既見也，贊其堂屋宫闕，而復歎其何爲水中，一似驚喜，一似憐惜，全是親愛之辭。與「采薜荔兮水中，搴芙蓉兮木末」，别是一種相思。

乘白黿兮逐文魚，與汝遊兮河之渚，流澌紛兮將來下。平上通韻，不必叶。下音户。澌，从冫，流水也，與从水旁者異。

舊注：此言喜其既見，而願追隨之。而流冰紛下，河伯又將去也。

子交手兮東行，送美人兮南浦。波滔滔兮來迎，魚鄰鄰兮媵予。鄰，一作「鱗」。予，古音與。

舊注：子，謂河伯。交手者，古人將别，則相執手，以見不忍相遠之意。既已别矣，而波猶來迎，魚猶來送，是其眷眷之無已也。○美人亦指河伯。予乃主祭者自謂。媵有相隨之義。已送河伯，魚亦相隨而行，故曰媵予。

濬按：已方使齊返而見放，此指舊同出使之僚庶，仍東行，親齊約縱，爲良策也。○予，女巫自謂，非主祭者。

右河伯

第九篇大旨

舊注： 山鬼，夔魖、魑魅、山神、山靈，皆是也。

濬按： 山鬼，比當時用事者也。凡人子、公子、君俱指鬼；靈脩指君；予、余，我自謂。

若有人兮山之阿，被薜荔兮帶女羅。既含睇兮又宜笑，子慕予兮善窈窕。羅，一作「蘿」。睇音弟。譱，古善字。

舊注： 若有人，謂山鬼也。女蘿，兔絲也。以上諸篇，皆爲人慕神之詞。此篇鬼，陰而賤，以喻己，託爲鬼媚人之語也。

濬按： 此寫小人諂媚形狀。

乘赤豹兮從文貍，辛夷車兮結桂旗。被石蘭兮帶杜衡，折芳馨兮遺所思。余處幽篁兮終不見天，路險難兮獨後來。從，才用反。貍，一作「狸」。衡，作「蘅」。遺，去聲。來，力之反。

舊注：後來，後諸神而來也。○言其懷才抱德，願忠于君，而不意險難蔽阻，得愛獨在人後也。末二語，辛惋悽切。

濬按：小人行踪詭秘，作難遲緩。

表獨立兮山之上，雲容容兮而在下。杳冥冥兮羌晝晦，東風飄兮神靈雨。留靈脩兮憺忘歸，歲既晏兮孰華予。下音户。一無「東」字，而再有「飄」字。予音與。

舊注：言鬼卒不來，而反欲使人造其所居也。華予，猶俗所謂光寵也。○獨立山上，自言所處之高，而無如浮雲蔽日，風雨飄忽，欲留靈脩少住，不可得也。

濬按：懷王留秦，詭辯輩誤之也。靈脩，如離騷之靈脩。

采三秀兮於山閒，石磊磊兮葛蔓蔓。怨公子兮悵忘歸，君思我兮不得閒。

舊注：三秀，芝草也。公子，即所欲留之靈脩也。鬼采芝於山閒，而思此人，雖怨其不來，亦知其思我之不能忘也。

濬按：言汝既不閒思我。

山中人兮芳杜若，飲石泉兮蔭松柏，君思我兮然疑作。柏，古音博。

舊注：山中人，鬼自謂也。然，信也。疑，不信也。至此又知其雖思我，而不能無疑，信之雜也。婉轉致思，懷人絶調也。

濬按：言我思汝，又不敢信君思我。當作我思君，似意更進。

靁填填兮雨冥冥，猿啾啾兮又夜鳴。風颯颯兮木蕭蕭，思公子兮徒離憂。又，一作「狖」。蕭，才老讀疏鳩反。按古音憂與蕭、肖、肴、豪，通爲一韻。

舊注：又，猿屬。離，罹也。◯備寫鬼趣，悽緊動人。靁填，喻君怒也。雨鳴，陰氣盛也。猿狖夜鳴，讒言繁興也。風颯木衰，氣象愁慘也。朱可亭曰：「讀一過，淒風苦雨入寒窗。」

濬按：靳尚之徒陷君不歸，故可怨，而徒離憂也。

右山鬼

第十篇大旨

舊注： 謂死國事者。小爾雅曰：「無主之鬼謂之殤。」

濬按： 極贊國殤，以自況也。

操吴戈兮被犀甲，車錯轂兮短兵接。旌蔽日兮敵若雲，矢交墜兮士争先。甲、接、雲、先，古音各相通，不必叶。

舊注： 此初戰赴敵之勇也。

凌余陣兮躐余行，左驂殪兮右刃傷。霾兩輪兮縶四馬，援玉枹兮擊鳴鼓。天時懟兮威靈怒，嚴殺盡兮棄原壄。陣，當作「陳」。殪，於計反。霾與埋同。馬，古音滿補反。懟，一作「墜」，一作「隧」，今從文苑。壄，古音墅，上與反。

舊注： 此言戰敗時猶死鬬，敵人恃衆犯我，陳踐我行。我左驂既死，車右又傷，猶擊鼓催戰也。

驂死右傷，車不能行，如埋輪縶馬也。末二句，乃呼天而怨之。朱可亭曰：「于敗北中寫出生氣，覺長吉『霜重鼓寒聲不起』，未免哀颯。」

出不入兮往不反，平原忽兮路超遠。帶長劍兮挾秦弓，首雖離兮心不懲。誠既勇兮又以武，終剛强兮不可凌。身既死兮神似靈，魂魄毅兮爲鬼雄。弓，古音肱。靈字不入韻。雄，古音羽陵反。韻補引公羊「黑弓」，左、穀作「黑肱」。又引儀禮「侯道五十弓」，注云：今文改「弓」作「肱」。雜引左傳「有夫出征而喪其雄」，又云：古人讀雄與陵韻。毛詩正月、無羊二詩，皆以雄韻陵是也。

舊注：于其死之後，讚歎以終之。骨棄平原，身首已離，弓劍在腰，猶不爲悔。雖死，魂魄猶靈，毅然爲鬼之雄長也。

濬按：唐昧、景缺等忠魂毅魄，與己同悲也。

右國殤

第十一篇大旨

舊注：禮，一作「祠」，謂以禮善終者。

濬按：此明己之借傳芭代舞，借倡歌代樂章，以寄作楚辭意也。

成禮兮會鼓，傳芭兮代舞，姱女倡兮容與。成，一作「盛」。芭，一作「巴」。姱音户。與，一作「冶」。

舊注：會鼓，會合鼓音也。芭、葩同，巫所持之香草。復傳與人，更代而舞也。姱，好也。女倡，倡優也。容與，遲步有度也。

濬按：女倡即巫，至此點明歌者。觀傳芭代舞，女倡容與，便知非雅樂章，乃巫者歌也。

春蘭兮秋鞠，長無絶兮終古。鞠，一作「菊」。

舊注：春祠以蘭，秋祠以鞠，即所傳之芭也。〇言二時之祭，必薦馨也。無絶終古，言魂得長享之也。

濬按：蘭、鞠，即借所傳之芭，明余情其信芳，長與此終古，而寄意於篇終也。此篇以魂稱題名，即自比招魂之魂。

右禮魂

九歌篇遍閲，從來舊注或謂楚俗信鬼，其祝詞鄙陋，屈子更定之。或謂屈子特脩祭以宴天神。或云是楚祀典，而屈子更定之，如後世樂府之類。或云楚懷王隆祭祀，事鬼神，欲以邀福。屈子因事納忠，故寓諷諫之詞，異乎尋常所陳。以上諸説，皆非也。蓋未能認出是誰語氣，錯以爲主祭雅樂之詞，則詞近褻狎，幾于慢神、褻神矣。於理極爲難通。今家君指爲代女巫之詞，確乎不易。從未章傳芭代舞，誇女倡句，知明係點明女巫。惟巫覡歌舞，南方至今尤有此俗，非目覩其事者，不能悉九歌。如今巫覡科咒，知爲代女巫詞，則通篇俱不嫌褻狎矣。大要謂巫風足亡國，屈子因之感觸，偶更定以寄意，實爲此篇精義。其題旨如此，方不與章詞相背，獨具特見。至舊注或云道神自相贈答之辭，或云道自己意興，或云以神比君，或云以人比君、以鬼自比，或云篇篇比君，又或云篇篇自比，皆曲爲之説，無一定次序旨歸。今於各章字法及章末語氣體會，各爲分指時事切之，則寄意俱大雅忠悃，同離騷矣。又雲中君及湘君、夫人辨，俱發前賢未發之旨。男雲會謹識。

屈子放逐，有感於巫覡歌舞，頗更定其詞，作爲九歌，以寄忠君愛國之意。若曰王時在秦也，予卜日齋戒以事之，把瓊芳以享之，歌舞浩倡以娱之，願王高居，尊嚴復國，而欣欣樂康也。東皇太乙。嗣王新立矣，予沐芳衣采以迎之，望王安壽宮，與日月齊光，幸皇皇其既降也。庶幾振作猋舉，四海可横覽焉，故余思之太息也。雲中君。舊同氣、同輩不乏賢矣，夷猶中洲，予其乘舟濟沅，横大江以揚靈。揚靈未極，同侣爲予太息焉，亦不禁其流涕陫側。則蘭雪雖芳潔，同心之言輕絶，交不忠，期不信，卒令余朝夕江渚，景况凄凉。予遂捐玦遺佩，以貽諸賢，願及時圖國，不必不得志而朅也。湘君。舊同氣、後輩不乏賢矣。降北渚者，帝子仰望焉，益予愁也。登薠而訂佳期，夕張以候之，候之不來。予心難訴，徒臨流而觀其潺湲已，則望之不見，即求之亦無定在。忽聞賢其召予，宛在水中央。予將匊椒、擗蕙、疏蘭、繚蘅，合百草以盈庭，長依爲鄰焉。何九嶷忽其來迎，予只得捐袂遺褋，以貽諸賢，願及時有爲，亦不必驟不得志而朅也。湘夫人。楚國執政者有人矣，開天門，乘玄雲以迎之。君迴翔而下，予將從汝而司壽夭，高飛而御陰陽，與君齊速以導王。靈衣玉佩，制民之命乎？奈折疏麻貽之，予老愈疏。則君高馳，而予結桂延佇，遂不覺憂愁滋甚耳。惟願執政舉賢，無任意離合而已。大司命。當時寵任者有人矣，蘭生堂下，芳菲襲予，見君之自有夙契也，胡獨使予愁苦？正傺秋蘭暢茂，滿堂芳馥，忽目予屬稿，而睽離至此，悲莫極也。君儵來忽逝，夕宿帝郊，果誰須耶？佇望未徠，予不禁臨風浩歌，惟願君撫星慫劍，以爲民正而已。少司命。王猶日也，朝出照檻，夜皎皎其長明。予將駕龍載旂以迎之，轉太息焉，嘆聲色之娱人。當簫鐘相應，予思靈保、賢姱，甚慮雲霾蔽日也。願王舉長矢射天狼，庶淪降可反，陰曀不復，上出而東行。東君。舊同出使約縱有賢矣，將與之遊九河，乘車駕龍，登崑崙而四望，幾至日暮忘歸，惟寤懷於極浦。龍堂朱宫，在水一方，願追隨焉。流冰紛下，君去而交手送之，有不覺波亦迎而魚亦媵也。河伯。當時用事者有人矣，僻處山阿，窈窕媚人，儼懷才德，欲折芳以遺所思，而不意行險作難，從後蔽予。獨立山顛，雲冥雨晦，既陷王不歸，誰復庸予？采秀山間，石磊葛蔓，豈知予甚悵君悮王，而不間於思予乎？予知汝飲泉蔭柏，然疑間作。覩雷填、風颯、猿啾、木蕭，倘能改心慰予，毋使予徒離憂乎？山鬼。不有勇而死王事者乎？操戈被甲，戰士争先，凌陣躐行，霾輪縶馬。予呼天而怨，殺莫過此矣！乃不入不反，帶劍挾弓，首雖離而心不懲。則身既死而神必靈，魂魄勇哉，毅然鬼之雄也！國殤。不有忠王而善終者乎？予借傳芭代舞，姱女倡以娱之，亦明予情其洵芳，長與此而終古弗替耳。禮魂。男雲從謹識。

【校記】

［一］下，原作「上」，據山海經箋疏改。

［二］河，原作「江」，據朱子集注改。

楚辭卷三

分寧胡濬源乙燈增注

男雲從　雲翼
　會雲行　雲作
姪友梅　內姪張奉仁　仝校字
　蘭

天問

舊注：天問者，屈原之所作也。屈原放逐，彷徨山澤，見楚有先王[一]之廟及公卿祠堂，圖畫天地山川神靈，琦瑋僪佹，及古聖賢怪物行事，因書其壁[二]，呵而問之，以渫憤懣。故其文不倫不次云爾。○天問，原不必對，置對甚難，尤非迂板先生所能對也。其怪妄之事與難解之詞，不得徒以闕疑了之，使其義遂漫滅而不得顯也。柳對屬辭古奥，今逐段録附於下，間綴解一二，以通其意，且勿令槩以「怪妄鑿空」四字，冤却古今奇事、奇書也。

濬按：天問一篇，大旨總爲楚懷變色，信讒棄賢，以致亡國辱身而發。而故雜引荒誕以亂之，似癡非癡，憤極悲極也。據王逸楚辭章句，天問本觀圖而作，故國朝蕭雲從爲作五十四圖，又卜居、漁父合一圖，九歌九圖。總之，天問題甚明，是設天以問人，非人問天也。篇中所引，多是戰國時野人語及横議家書，經秦火燒盡，必對必强解，便是迂板先生。惟怪妄鑿空，方成古今奇書，方見屈子忠憤無聊之極。觀圖而作，或是情理。但云見楚先王廟及公卿祠堂壁畫，呵而問之，則廟與祠當在郢都，何云放逐彷徨山澤？豈廟祠盡立於山澤間乎？大抵説古人書，不過情理二字。情理不易通者，不可强解。從來注楚辭者，正坐迂板，又强作解人也。解必證以古書，但諸所引證，淮南既係漢人書，竹書又晉太康時出，山海經亦小説之祖，並非禹、益書。其餘雜書，益不可據以解屈。鄭康成以王制釋周禮，傅良猶譏爲漢儒言，况此以荒唐解荒唐乎？又按禹治水，通轘轅山化熊，塗山女化石生啓一段事，淮南子書並無此文，乃唐顔師古所引。若列仙傳稱劉向撰，劉向七十七篇書，並無列仙傳。山海經謂禹、益書，又何以知夏后開？且有成湯、文王墓及漢時地名等語。竹書汲冢出於晉時，其大甲殺伊尹，文王殺季歷，既與尚書悖謬，即師春一篇，亦與杜預所稱全不符。幽王使虎食太子宜臼事，本書亦無，後人亦妄引之。至拾遺記本姚秦王嘉所撰，尤多荒唐。諸書注家多援以釋天問，故再指出之。○試即讀此篇法而言，楊子雲不爲章句訓詁，通而已，諸葛孔明但觀大意，陶淵明不求甚解，此皆善讀書者，所以無穿鑿附會之病也。凡諸讀書俱宜然，而惟讀天問尤切。蓋天之蒼蒼，豈嘗問乎？天即理也。理所難解處，天下古今事正不少。執理以求之，已覺不可解，一觸無聊人心胸，愈萬不可解矣。故屈子天問，離騷之無所可寄也。而柳子厚偏逐章以理趣對之，詞雖古奥貌似，未免如劉晝賦六合，適來魏收鄙誚耳。太史公曰：「予讀離騷、天問、招魂、哀郢，悲其志。」悲志而以是篇緊承離騷，明是篇激離騷於莫解，而爲悲之也。屈子既悲憤無聊，又安能暇豫駘蕩，與莊嶽委巷流爭新志怪，談天滑稽，以藉快雄辯，等「溺人必笑」哉？然則今欲讀天問，開卷便須先決定觀大意，不爲章句訓詁，不求甚解，以意逆志，則將自得焉矣。餘解詳後。

曰：遂古之初，誰傳道之？上下未形，何由考之？

舊注：遂，往也。上下，謂天地也。

濬按：此以下至「曜靈安藏」，曉談天荒唐者，意謂氣數之説，不可信也。

冥昭瞢闇，誰能極之？馮翼惟像，何以識之？瞢，莫鄧反。闇與暗同。馮，皮冰反。

舊注：冥昭，言晝夜。瞢闇，未分之象。極，窮也。馮翼，氤氲浮動之貌。淮南子云：「天地未形，馮馮翼翼。」又曰：「未有天地，惟像無形，窈窕冥冥，莫知其門。」

明明闇闇，惟時何爲？陰陽三合，何本何化？爲音譌。化，音毁禾反。

舊注：時，是也。穀梁子曰：「獨陰不生，獨陽不生，獨天不生，三合然後生。」言明必有明之者，闇必有闇之者，是何物爲乎？三者之合，何者爲本？何者爲化乎？

圜則九重，孰營度之？惟兹何功，孰初作之？圜與圓同。度，待洛反。

圜，謂天形之圓。九，陽數之極，所謂九天也。言天有九重，孰經營量度之乎？此九重之天，孰功力始作之乎？

斡維焉繫？天極焉加？八柱何處？東南何虧？斡音管，一作「筦」。顔師古云俗音烏活反，非也。加，古音居莎反。虧，古音去禾反。

斡，車轂内以金爲筦而受軸者。維，繫物之綱也。天極，謂南北極。凡物之運轉，必轂有所繫，而後軸有所加。此問天之斡維，繫于何所？天極之軸，加于何處？世傳地有八柱，又言地不滿東南。此八柱何所值？東南何獨虧闕乎？

九天之際，安放安屬？隅隈多有，孰知其數？放，上聲。屬音樹。數，所勺反。際，邊也。放，至也。屬，附也。

天何所沓？十二焉分？日月安屬？列星安陳？

沓，合也。十二，言辰也。陳，列也。

出自湯谷，次于蒙汜。自明及晦，所行千里。湯音陽，一作「暘」。汜音似，上聲。湯谷，即尚書所謂暘谷。爾雅：「西至日所入爲大蒙。」即蒙汜也。汜，水涯也。此問日也。○千，一本作「幾」。

夜光何德，死則又育。厥利維何，而顧菟在腹。菟與兔同。

夜光，月也。死，其晦。育，則生也。顧菟，顧望之兔也。此問月也。

女岐無合，夫焉取九子？伯强何處？惠氣安在？在，才禮反。説見前。

女岐，神女，無夫而生九子。伯强，大厲疫鬼。惠氣，和氣也。

何闔而晦？何開而明？角宿未旦，曜靈安臧？闔，胡臘反。明，謨郎反。宿音秀。臧，古藏字。

角，東方星。曜靈，日也。言何所開闔，而爲晝夜乎？東方未明之時，日藏於何所？

不任汩鴻，師何以尚之？僉曰何憂，何不課而行之？汩音骨。尚，本有常音。行，户郎反，後同。

汩，治也。鴻，洪水也。師，衆也。尚，舉也。課，試也。問鮌才不任治水，衆人何以舉之？堯何以不試，而遽用之也？

濬按：此以下至「釋舟陸行」，曉異聞無稽者，意謂訛傳之怪詭，不可憑也。

鴟龜曳銜，鯀何聽焉？順欲成功，帝何刑焉？

舊説鯀死爲鴟龜所食，朱子謂詳其文勢，似謂鯀聽鴟龜曳銜之計而敗其事。使順彼之欲，未必不能成功，舜何以遽刑之乎？

永遏在羽山，夫何三年不施？伯禹腹鯀，夫何以變化？施，古音式何反。化，古音毀禾反。

遏，猶禁止也。羽山，在東海中。施，謂刑殺之。王逸云：「舍也。」「言不舍其罪也」。腹，懷抱也。言禹出鯀之懷，何以能變化而有聖德也？

纂就前緒，遂成考功。何續初繼業，而厥謀不同？

洪泉極深，何以寘之？地方九則，何以墳之？泉，疑當作「淵」，唐本避諱改之也。則，一作

「州」。寘與填同。墳，朱子叶敷連反。按文、先韻通用。

洪泉，即洪水。寘，填塞也。墳，土之高者。

應龍何畫？河海何歷？歷，晦翁叶音勒，古韻陌、錫通用。

有翼曰應龍。山海經：「禹治水，有應龍以尾畫地，即水泉流通，禹因而治之。」

鮌何所營？禹何所成？康回馮怒，墜何故以東南傾？馮，皮膺反。墜，一作「地」。

康回，共工名。馮，志盛貌。列子：「共工氏與顓頊争爲帝，怒而觸不周之山，折天柱，絶地維。故天傾西北，日月星辰就焉；地不滿東南，百川水潦歸焉。」

九州安錯？川谷何洿？東流不溢，孰知其故？錯音措。洿，胡故反。

洿，深也。水注海曰川，注川曰谿，注谿曰谷。

東南西北，其脩孰多？南北順墮，其衍幾何？墮音妥。

脩，長也。墮，挾而長也。衍，餘也。

崑崙縣圃，其凥安在？增城九重，其高幾里？凥，苦高反，音蒿。

凥，舊注與居同，從几。陸時雍釋作脊骨盡處，則字當從九音，苦高反。

四方之門，其誰從焉？西北辟啓，何氣通焉？辟與「闢」同。

淮南子：「崑崙虛旁有四百四十門，其西北隅開門以納不周之風。」言誰人從此門出入乎？既居至高，有何氣可通，而開門以納之乎？

日安不到，燭龍何照？羲和之未揚，若華何光？

舊注：天之西北，幽冥無日之國，有龍銜燭照之。其有日處，日未出時，又有若木赤華照地。

何所冬暖？何所夏寒？焉有石林？何獸能言？寒、言，不必叶。說見前。

焉有龍虯，負熊以遊？

舊注：晦翁云未詳。

雄虺九首，儵忽焉在？何所不死？長人何守？晦翁以首叶守，以在叶死。才老守讀書蟣切。古韻紙、尾、薺、蟹、賄、麌、語、哿、馬、有，十韻通用。

舊注：虺，蠍屬。儵忽，急疾貌。不死，謂不死之人。長人，如左傳所謂長狄。守，謂守其土也。

濬按：山海經：「不死之民在交脛國東，其人黑色不死。」防風長三丈，疑未可爲注此典要。

靡萍九衢，枲華安居？靈蛇吞象，厥大何如？

濬按：山海經：「南海有巴蛇，身長百尋，食象，三歲而出其骨。君子服之，無心腹[三]疾。」本此。仝上。

黑水玄趾，三危安在？延年不死，壽何所止？

舊注：黑水，水名。玄趾、三危，山名。言黑河之藻，可以千歲；三危之露，可以輕舉。又三危、金臺、石室，食氣不死，問此地果何在乎？果有延年之術，其人當至今存乎？

鯪魚何所？鬿堆焉處？羿焉彃日？烏焉解羽？鯪音陵。鬿音祈。彃音畢。

舊注：山海經：「西海中鯪魚，有四足，人面，人手，魚身。見則風濤起。」「北號山有鳥，如雞，白首鼠足，名曰鬿雀，食人。」彃，射也。淮南言羿射九日，日中九烏皆死，墮其羽翼。

禹之力獻功，降省下土方。焉得彼嵞山女，而通之於台桑。功、才不必韻，然古韻東、陽亦通，後倣此。嵞與塗同。

舊注：台桑，地名。言禹勤力獻功，降而省度四方，過門不入，公而忘私。如是焉得又娶于塗山，而顧其私乎？

閔妃匹合，厥身是繼。胡爲嗜不同味，而快鼂飽？鼂，一作「晁」，一作「朝」，並陟遥反。妃宜音配。飽，許既切。

啓代益作后，卒然離蠥。何啓爲憂，而能拘是達？蠥，一作「孼」，一作「孽」，並魚列反。

舊注：離，遭也。蠥，憂也。禹以天下禪益，而天下歸啓，是「代益作后」也。於是有扈不服，啓與之大戰於甘，故曰「離蠥」。拘是達，猶言達是拘，言啓宜拘守禪讓舊例，何以爲憂思惕厲，能變通其拘守之節乎？

皆歸躲鞫，而無害厥躬。何后益作革，而禹播降？躲，一作「射」。鞫，一作「鞠」。降，乎攻反。

舊注：鞫，窮也。射夫恃武，矢盡則窮，此立斃之道。凶人以其力斃，是歸于射窮也。造字古甚，似當作如此解。○鞽與鞫同，窮理罪人也。益稱后益，猶稷稱后稷也。啓有天下，有扈不服，宜有害于厥躬。乃天下皆歸，得以窮理罪人而無害。作革，焚山澤，奏鮮食，所謂作革也。水土既平，稷乃播降五穀，故以播降歸禹。

啓棘賓商，九辨九歌。何勤子屠母，而死分竟地？地，說文從土，也聲。也，通作「它」，則是地當音沱。吴才老韻補讀唐過切。

舊注：棘，亟也。商，宫、商也。山海經大荒西經：「夏后開上三嬪于天，得九辨、九歌以下。」開謂啓也。蓋天帝奏樂以賓啓，遂得習宫、商以下陳也。屠母，淮南子言：禹治水時，自化爲熊，以通轘轅之道，塗山氏見之而慙，遂化爲石。時方孕啓，禹曰「歸我子」，于是石破北方而啓生。

帝降夷羿，革孽夏民。胡射夫河伯，而娶彼雒嬪？一本「胡」下有「羿」字。

舊注：帝，天帝也。革孽，變更夏道，爲民孽也。傳曰：「河伯化爲白龍，游于水旁，羿見射之，眇其左目。」「羿又夢與雒水神宓妃交。」

馮珧利決，封豨是䠶。何獻蒸肉之膏，而后帝不若？馮音憑。珧音遥。豨，虚豈反。䠶音食倫反。蒸，一作「烝」。

舊注：馮，滿也。珧，弓名，以蜃申飾者。決，著右手大指以鉤弦者。若，順也。○封豨，必指當時無道諸侯爲羿所滅者。如左傳所云「樂正后夔生伯封，謂之封豕」是也。

浞娶純狐，眩妻爰謀。何羿之射革，而交吞揆之？浞，仕角反。謀古音媒。一無「革」字。

舊注：寒浞娶純狐氏女，眩惑愛之，遂與謀殺羿。射革，貫革之射，言有力也。言何羿之多力，乃吞滅于讒人、女子之手乎？

阻窮西征，巖何越焉？化爲黄熊，巫何活焉？

舊注：此又言鮌、禹之事。西征，言禹治水西行也。拾遺記：「禹鑿龍關之山，有巖深數十里，幽暗不可行，禹負火而進，神示禹八卦之圖，列于金板之上。」或指此事。書雖出于後人，意當時必有此説。言禹窮險阻，治水西行，何以能越深巖耶？鮌化黄熊，已爲異類，巫祝招魂以祭，何猶望其復活爲人耶？

咸播秬黍，莆雚是營。何由并投，而鮌疾脩盈？ 秬音巨。脩，一本作「是」。

舊注： 秬，黑黍。莆，即蒲。雚，與萑同。是營者，萬民皆得耕種于莆雚之地也。并投、脩盈，言何由與三凶并遭投畀，而鮌獨以方命圮族之疾，長爲夏郊，其神靈滿于上下也？

白蜺嬰茀，胡爲此堂？安得夫良藥，不能固臧？天式從横，陽離爰死。大鳥何鳴？夫焉喪厥體？ 從，即容反。喪，息浪反。

舊注： 茀，當作「霈」。王逸云：「蜺雲之有色似龍。」嬰茀，白雲委蛇若蛇者。言雲何爲在堂乎？列仙傳：「崔文子學仙于王子僑，子僑化爲白蜺，而嬰茀，持藥與之。文子驚怪，引戈擊蜺，因墮其藥。俯而視之，子僑之尸也。置之室中，須臾化爲大鳥而鳴，翻飛而去。」「天式」二句，王逸云：「天法有善惡、陰陽、從横之道，人失陽氣則死。」言子僑既死，何以爲大鳥而鳴乎？如謂仙人可以死而復生，則當復爲人，何以化爲鳥，而喪其本體乎？

蓱號起雨，何以興之？撰體脅鹿，何以膺之？蓱，一作「丼」，一作「萍」[四]。號，胡刀反。「體」下一有「協」字，而「鹿」字屬下句，無「以」字。一作「何鹿以膺之」。

舊注：蓱，蓱翳，雨師名。號，呼也。雨師呼而雨下，何以膚寸驟合也？天撰十二神鹿，一身八足兩頭，何以膺受此形體也？

鼇戴山抃，何以安之？釋舟陸行，何以遷之？戴，一作「載」。抃音卞，一作「拚」。安、遷自韻，不必叶。

舊注：擊手曰抃。列仙傳：「有巨靈之龜，背負蓬萊之山而抃舞。」言誰以山安于鼇之首乎？下二句，晦翁曰：「未詳。」諸解俱連上作一事，于釋舟義解不去，寧闕之。

濬按：或者謂鼇負山，若舟其在水故耳，使舍水陸行，則一步不可行矣。

惟澆在户，何求於嫂？何少康逐犬，而顛隕厥首？女岐縫裳，而館同爰止。何顛易厥首，而親以逢殆？古音皓、有通韻，紙、脂通韻。吴韻補：「嫂讀蘇后切。殆讀養里切。」

舊注：澆淫其嫂，夏少康放犬逐獸，遂襲殺澆。言何求于嫂乎，殆其殞厥首也。女岐，澆嫂也。爲澆縫裳其舍，宿止。少康夜襲，得女岐首，以爲澆因斷之，故云易首。

濬按：此以下至齊桓身殺，漸引古今興亡、女寵亂國以爲問，意謂人事有徵，確可恃也。蓋懷王初爲六國縱長，正有似齊桓，後縱散而敗，亦似齊桓也。齊桓任内嬖，及用豎刁、開方、易牙，懷王嬖鄭袖，聽子蘭、靳尚、上官，亦同。

湯謀易旅，何以厚之？覆舟斟尋，何道取之？厚，古音户。取，古音七庾反。

舊注：「湯」疑「康」字之誤，謂少康也。斟灌、斟尋，夏同姓諸侯。相失國，依于二斟，爲澆所滅。其子少康一成一旅，能收夏衆，遂滅過澆。

桀伐蒙山，何所得焉？妹嬉何肆，湯何殛焉？妹音末。嬉音喜。殛，一作「極」。

舊注：言伐蒙山何所得？得一妹喜，以自亡其國耳。

舜閔在家，父何以鱞？堯不姚告，二女何親？鱞，古通作「矜」。又真、珊本韻通。

厥萌在初，何所意焉？璜臺十成，何所極焉？意，古億字，亦作「億」，音意。極，去聲，渠記反。

舊注：成，重也。紂作象箸而箕子歎，知必窮奢極侈，崇廣宮室。紂果作玉臺十重，糟丘酒池，以至于亡。言奢念初萌，聖人何以能億度也？玉臺十重，其侈極矣，亦知其初念之萌極之乎？

登立爲帝，孰道尚之？女媧有體，孰制匠之？

舜服厥弟，終然爲害。何肆犬體，而厥身不危敗？體，一本作「豕」。

舊注：事見孟子。厥身，指舜言，亦通。

吳獲迄古，南嶽是止。孰期去斯，得兩男子。

舊注：迄，當作「逃」。言伯逃古公也。兩男子，謂泰伯、虞仲也。

緣鵠飾玉，后帝是饗。何承謀夏桀，終以滅喪？

舊注：言伊尹緣烹鵠鳥之羹，脩飾玉鼎以事湯，遂以爲相，而滅夏桀也。

帝乃降觀，下逢伊摯。何條放致罰，而黎服大説？摯，質涉反。説音悦。

舊注：摯，伊尹名。條，鳴條也。致罰，致天討也。○服，一本作「伏」。

簡狄在臺嚳何宜？玄鳥致貽女何喜？宜，古音魚何反。貽，一作「詒」。喜，本作「嘉」，古音居莎反。今本作「喜」，叶音嬉。是後人不知古音，而妄改也。按後漢禮儀志與吳才老韻補引此俱作「嘉」。

舊注：簡狄侍帝嚳于臺上，有飛燕墮遺其卵，喜而吞之，遂生契。

該秉季德，厥父是臧。胡終弊於有扈，牧夫牛羊？

舊注：補言啓兼秉禹之末德，而禹善之，投以天下。有扈氏以禹不與賢，故伐啓。啓伐滅之，有扈遂爲牧豎也。詳此「該」字，恐是「啓」字，字形相似也。但「牧夫牛羊」未有據。而其文勢似啓反爲扈所弊，不可考也。按「弊有扈」而曰「弊于有扈」，古人多有此種句法。

干協時舞，何以懷之？平脅曼膚，何以肥之？平脅，一作「受平」。曼音萬。微、佳，本通韻。

舊注：時，是也。言舜以于羽舞于兩階，何以懷有苗而格之乎？曼，肥澤貌。荀子：「紂長巨姣美。」言紂無道，何以民愁困，而彼獨肥乎？

有扈牧豎，云何而逢？擊牀先出，其命何從？

恒秉季德，焉得夫朴牛？何往營班禄，不但還來？牛，古音疑。來，力之反。

昏微遵迹，有狄不寧。何繁鳥萃棘，負子肆情？
眩弟並淫，危害厥兄。何變化以作詐，而後嗣逢長？害，一作「虞」。兄，虚王反。
成湯東巡，有莘爰極。何乞彼小臣，而吉妃是得？

舊注： 極，至也。

水濱之木，得彼小子。夫何惡之，媵有莘之婦？

舊注： 此言伊尹。○屈子非真以爲然，姑就人言以發問生于空桑之事。○言天何意欲興商，作此種種怪事也？曰小臣、曰小子，若深惡之。屈子於君臣放伐之際，蓋不勝忿矣！

濬按： 小臣、小子，以其微時言耳。舊注云「惡之」，與屈子之本意無涉。舍本意不求，而外索旁旨，孤負古人，坐此等繆注也。通篇大意，處處爲嬖女、寵親小人，以致亡國，寫其照。而本文尚難强解，况欲推之言外乎？下數節注尤悖謬。

湯出重泉，夫何辠尤？不勝心伐帝，夫誰使挑之？辠，古罪字。尤，羽其反。挑，徒了反。

舊注：重泉，地名，即夏臺。帝，桀也。○不勝心，不勝其怨毒之心也。曰何辠、曰誰挑，詞若罪桀，而其實罪湯，不當以臣而放君也。

濬按：罪湯何爲？此時屈子憂國，豈憂楚有臣放君乎？不通甚！

會鼂爭盟，何踐吾期？蒼鳥羣飛，孰使萃之？

舊注：鼂、朝同。詩曰：「會朝清明。」蒼鳥，鷹也。詩曰：「惟師尚父，時惟鷹揚。」○曰何踐、曰孰使，深爲不滿之詞。掃盡應天順人等語。

濬按：何以見不滿之詞？通篇不過設疑問耳。大旨謂興與亡皆由人主自致，故博引疑端，使人主自思也。

列擊紂躬，叔旦不嘉。何親揆發，定周之命以咨嗟？嘉，居莎反。嗟，疏何反。

舊注： 列擊，指懸首大白之事。發，武王名。言周公既不喜擊紂，何爲又教武王使定周命乎？

○此不滿周公之詞也。

濬按： 此不滿尤不通，三家村學究未識武王未代殷也。

授殷天下，其位安施？反成乃亡，其罪伊何？施，古音式何反。

争遣伐器，何以行之？並驅擊翼，何以將之？

舊注： 言羣后争先遣調戰伐之器，何以行之乎？三軍並進而擊其左右翼，何以將之乎？雖人事，莫非天意也。

昭后成遊，南土爰底。厥利惟何，逢彼白雉？底音旨。

舊注： 言昭王南遊至楚，何所利乎？冀得逢遠方異物，如周公時越裳之獻白雉也。然玩其文義，似有所逢者。豈當時曾有此説，如穆王得白狼、白鹿之事耶？

穆王巧梅，夫何周流？環理天下，夫何索求？梅，芒改反，字從手。

舊注： 方言云：「梅，貪也。」言穆王巧于貪求，夫何不顧畿内，而周流于外耶？王者居中馭外，有何索求不止耶？

妖夫曳衒，何號於市？周幽誰誅，焉得夫褒姒？

舊注： 事見國語。曳，牽引。衒，賣也。

天命反側，何罰何佑？齊桓九合，卒然身殺。側，去聲，阻二反。佑音肆。殺音弑，一作「弑」。

○合，一本作「會」。

舊注： 齊桓死不得斂，蟲流出户，與見弒無異也。

濬按： 以前亦未嘗駁語問天，但至此始明言耳。

彼王紂之躬，孰使亂惑？何惡輔弼，讒諂是服？諂，一作「讇」。服，蒲北反。

濬按： 明是諷懷、襄惑鄭褎，聽子蘭、靳尚、上官。此以下至於末，明比懷、襄，終篇點出楚事。吾告堵敖自己忠國之本志也，諷意漸顯。

比干何逆，而抑沈之？雷開何順，何賜封之？沈，韻讀若蟲，與封韻。朱子封讀孚音反，與沈韻。

舊注： 抑沈，猶言沈抑不使伸也。雷開，佞人，紂賜之金玉而封之。

何聖人之一德，卒其異方？梅伯受醢，箕子詳狂。梅，集韻音武罪反。詳與佯同，一作「佯」。

舊注：言聖人一德，所行宜不異。何梅伯甘受極刑，而箕子佯狂以自免也？

稷維元子，帝何竺之？投之於冰上，鳥何燠之？竺，一作「篤」。一無句下二「之」字。

舊注：竺，厚也。言稷爲首生之子，其降生不同于人，天帝何以獨厚之耶？棄之于冰上，鳥何知而覆翼之耶？

何馮弓挾矢，殊能將之？既驚帝切激，何逢長之？馮音憑，一作「憑」。

舊注：周拱辰引竹史殷王錫王季彤弓、兹矢事。言既浸以逼帝，帝何不疑，而長任之乎？

伯昌號衰，秉鞭作牧。何令徹彼岐社，命有殷國？

舊注：牧，州長也。言文王奉紂命爲西伯，號令于殷衰之時，秉鞭箠，作牧伯，率殷之叛國以事紂，未嘗有得天下之心也。何天偏令通岐周之社于天下，以爲大社，遂命之有殷國乎？

遷藏就岐何能依？殷有惑婦何所譏？

受兹賜醢，西伯上告。何親就上帝罰，殷之命以不救？告，古柚反。「帝」下一有「之」字。○兹賜，一作「賜兹」。

舊注：言紂醢伯邑考以賜文王，文王受之而上告于帝，如所謂「君王聖明，臣罪當誅」之意。何文王自言其罪，親就上帝之罰，而殷之命反以不救乎？

濬按：詩「文王曰咨」篇詈殷如彼，則親就上帝，是訴于上天帝也，如左傳「吾得請於帝矣」意同。若援「天王」、「臣罪」二句，則終是曲解。國朝袁子才亦謂韓子不讀詩經，故浪作羑里操。蓋三代聖王直道而行，未必闇昧曲情如此也。要之，問意在「上告」與「何」字，言文王猶生，何能親就謁上帝而然乎？

師望在肆昌何識？鼓刀揚聲后何喜？朱子「識」與「志」同，喜叶許寄反。○按上、入轉韻也。

舊注：言太公在屠肆，文王何以遂識之乎？鼓刀揚聲，自言「下屠屠牛，上屠屠國」，文王何以遂喜之乎？

武發殺殷何所悒？載尸集戰何所急？

舊注：言武王斬紂之首，懸之太白，何所忿恨而不能解乎？載木主以會戰，父死不葬，何其急乎？

伯林雉經，維其何故？何感天抑墜，夫誰畏懼？

舊注：雉經，頭搶而懸死也。朱子曰「舊注以爲晉太子申生事」，未知是否。

皇天集命，惟何戒之？受禮天下，又使至代之？

舊注：言皇天集祿命以興一代之王，何不常有以戒之，而使至于危亡乎？王者受天之禮命以有天下，又何爲使它姓代之乎？

初湯臣摯，後兹承輔。何卒官湯，尊食宗緒？承，一作「丞」。卒，一作「萃」。

舊注：初湯得伊尹，一媵臣耳，後乃以承輔弼之任。何卒賴其力，使湯爲天子，尊其先人以王者之祭，緒業流于子孫乎？

勳闔夢生，少離散亡。何壯武厲，能流厥嚴？嚴，朱子音五郎反。

舊注：勳，功也。闔，闔廬。夢，壽夢。言闔廬乃壽夢長子，諸樊所生。少不得立，散亡于外，何以至壯年乃英武猛厲，至今流播其威嚴乎？

彭鏗斟雉帝何饗？壽命永多夫何長？一本「長」上有「久」字。

舊注：鏗，彭祖也。言鏗進雉羹于堯，堯何饗之而遂封之乎？又鏗壽八百，操何術而能久長乎？

中央共牧后何怒？螽蛾微命力何固？蛾，古蟻字。蟻，古音魚我反。〇螽，古蠭字。

舊注：言中土列國共治其民，爲之后者何故相怒而爭戰乎？螽蟻之命最微，猶各守其房與穴，其力亦何固乎？○蜂、蟻各有君臣，故以爲列國之喻，傷楚之不能自固也。

鷩女采薇鹿何祐？北至回水萃何喜？祐，一作「佑」。○按古音祐、佑入至、志韻，音肄。喜，上、去通韻。

舊注：王逸解女子采薇事，周拱辰引文選注作夷、齊事，俱未合。從朱子闕之。

兄有噬犬弟何欲？易之以百兩卒無禄。

舊注：朱子曰：「舊以此爲秦公子鍼之事。」

濬按：秦伯有噬犬，弟鍼欲之，不與。以車百乘易之，伯怒，乃逐之，奔晉。疑此事罪有可逐，不直。天問且未明指。

薄暮雷電歸何憂？厥嚴不奉帝何求？雷電，一本作「靁霓」。

舊注：自此至末，皆[五]指己與懷王也。言呵問至暮，遭雷電而尚不得歸，何所憂以至此乎？厥嚴不奉，言不得奉君之威嚴，此外將何所求帝乎？

濬按：日夕、雷電、晦明，當歸也。夫何憂，所指亦不可臆測。

伏匿穴處爰何云？荆勳作師夫何長？悟過改更，我又何言？朱子云：「自此至終篇，皆隔句叶韵。」○作，一本作「佝」。

舊注：言伏匿畏人，於何而言之也。荆勳，猶前云勳闔。楚懷王十一年，蘇秦約六國合縱，以懷王爲從長。懷王客秦之後，秦、楚兵遂不已，楚國何能長也？

吴光争國，久余是勝。勝，朱子音商。

舊注：吴光争盟上國，卒以驕敗，是久而余自勝也。久宜是勝，問意深切，以隱懷王。

何環穿自閭社丘陵，爰出子文？「環穿自閭社丘陵」七字，一作「環閭穿社以及丘陵是淫是蕩」十二字。

舊注：子文，同姓而忠以隱已，哀今無此人，但子蘭也。子文初生，棄于夢中，邳子田而收之，故曰「爰出」。言何往田于野，乃得此賢人也？

吾告堵敖以不長。

舊注：堵敖，楚文王子。又謂懷王將如堵敖不長而死。〇不敢斥言告王，故曰告堵敖也。不長，言國祚將終也。

何試上自予，忠名彌彰？

舊注：末又自謂，言試于上而妨直，自予宜有妨于厥名矣，何有忠名之彌彰也！以此終篇，命意惋惻，可謂至妙。〇言我長言之不足，又嗟嘆之，終不能使君之一悟也。何徒以空言嘗試君上，自成忠直之名乎？

濬按：通篇所引，本指戰國時野語小説、荒怪無稽之詞，借以設問寄諷耳。而後之好怪爲小説者，遂依附以各成其書。乃注家反即依附者以解，附所從出，又從而對之，豈不太癡！故柳對槩不録。總之，題旨原是屈子憤疾世上萬般不可解處，乃有此妙題、妙文。若可對，則可解矣，不必有此篇矣。須知「不可解」三字，便是解天問。

凡注古人書，當因人、因時、因心求其大旨而已。不必舍本旨不求，别尋旁旨，辜負古人也。家君於舊注之不合者一一辯之，是非判然。畧分數節，以大意解之，代靈均伸不白之寃。識見超邁，顛撲不破，爲後學發蒙，識者詳之。男雲會謹識。

會附：按天問一篇，文奇而理不易。其不解者不必强爲之解。屈子以天問名篇，題本奇特。天不言，夫人而知之矣。王逸注謂：「天問，問天也。天尊不敢問，故曰天問。」但詩有「帝謂」，書有「帝賚」，屈子招魂亦有「帝告」、「帝天」也。天，理也。則直以天問爲設，爲天之所問解，愈見奇異。蓋思君之至，無所發憤，只得以理曉人也。且觀圖呵而問天之事，本無明據。舊注以後出書釋之，姑存其説，不敢以爲是。夫世有習見之事，苟欲窮其極處，隨在皆有不可解之端，況又加以渺茫怪異乎？如此篇説天地、日月、陰陽、山川、水土及怪誕之類，本屬舉天地間不可解處，以問喚醒天下。談玄呆人非欲窮其理，亦謂實有不能明之理，總是不可解意。篇中明曰「何由考之」、「誰能極之」、「何以識之」、「孰知其數」、「孰知其故」，在屈子尚不解，而後人必穿鑿解之、對之，謂不得以闕疑了事，彼豈反解於屈子乎？從來注家見其章句中，有一地一名畧合某古人某事物者，即引後世書以釋之。安知後世所出之書，非即本屈文而贋撰加羼，遂反據以釋屈乎？豈可信以爲實！如離騷篇有「夏康娱」句，章内有「啓」及「五子」字，雖據尚書，或解爲夏太康娱樂自縱。而下章曰「康娱」二字，兩皆連用，是「康」又非人名可知。似難强作一解矣。又按此篇自「水濱之木」至「列擊紂躬」四章，舊注謂惡伊尹、罪湯、不滿武王、不滿周公之辭，言屈子「於君臣放伐之際不勝忿矣」，「掃盡順天應人等語」，紕繆已甚。湯、武之「順天應人」，經典及孔、孟書俱有定論，千古不易，何迂闊管見，反以之誣屈子也？細玩篇中寓意，不過陳往古法戒，總見哲興昏亡之事，可省可悟，並非忿怒古聖。且離騷篇屢稱湯、禹、周三王，有「皇天輔德」、「聖哲茂行」之語，及此篇前章「條放致罰」、「黎民悦服」等句，屈子之陳往聖，其心可見矣。願與服古者共參之。

【校記】

［一］王，原作「生」，據朱子集注改。

［二］璧，原作「璧」，據朱子集注改。

［三］腹，原作「服」，據山海經箋疏改。

［四］萍，上字即是「萍」，此當作「蓱」。

［五］皆，原作「切」，據朱子集注改。

楚辭卷四

分寧胡濬源乙燈增注

男雲從會雲行凌雲翼作
姪友梅蘭內姪張奉仁　仝校字

九章

舊注：九章者，屈原之所作也。屈原既放，思君念國，隨事感觸，輒形於聲。後人輯之，得其九章，合爲一卷，非必出於一時之言也。

濬按：細玩九章，皆離騷餘韻，即可作離騷注脚。

惜誦以致愍兮，發憤以抒情。所非忠而言之兮，指蒼天以爲正。抒從手，上吕反。一本作「紓」，亦通。情、正，平去通韻。

舊注：愍人者不肯極道其事，嘗若自愛其言也，故曰「惜誦」。

濬按：所謂歸命投誠，控告於君父也。○指天爲正，觀此益知疏後使齊而反，必有多少讜言力諫不傳於外者，激怒懷王、子蘭，故遂致放，而作騷也。○惜，可惜也。誦，即忠言也。

令五帝以折中兮，戒六神與嚮服。俾山川以備御兮，命咎繇使聽直。中，陟仲反。服，古音蒲北反。

舊注：此皆指天自誓之詞，欲使上天命此衆神，察己之言也。五帝，五方之帝。六神，六宗也。嚮，對也。服，服罪之詞。御，侍也。聽直，聽而曲直之也。

竭忠誠而事君兮，反離群而贅肬。忘儇媚以背衆兮，待明君其知之。肬，古音羽其反。儇，許緣反。

舊注：贅肬，肉外餘肉，不切之物也。同事君，而己獨爲不切之物。儇媚之輩，其互爲一體，雖心腹腎腸有不足以擬之者矣。是故己之背衆，惟賴明君之知之也。

濬按：忘儇媚，亦是以女自比。○離群贅肬，尚是追述疏之而未放時。以後招禍遇罰，則既放矣。

言與行其可迹兮，情與貌其不變。故相臣莫若君兮，所以證之不遠。

舊注：此緊承上文，言人君觀其臣之言行情貌，即可辨其忠邪。言易知而怪其不知也。○檢菴曰：「天下後世，孤臣孽子，讀此同聲一哭。」

吾誼先君而後身兮，羌衆人之所仇也。專惟君而無他兮，又衆兆之所讎也。

舊注：誼與義同。惟，思念也。○仇、讎，微有深淺。爾雅：「仇仇、敖敖，傲也。」讎有必報之義。先君後身，衆之所厭惡。專惟君而不知有身，則舉國之人視爲私怨，而思報之矣。

壹心而不豫兮，羌不可保也。疾親君而無他兮，有招禍之道也。

舊注：不豫，不猶豫也。疾，猶力也。○不可保，不能保君之信心。招禍，招衆人之害。

思君其莫我忠兮，忽忘身之賤貧。事君而不貳兮，迷不知寵之門。

舊注：莫我忠，莫有忠如我也。寵之門，謂諂佞之事也。賤貧貴寵，情狀不同，昭然見矣。

忠何辜以遇罰兮，亦非余之所志也。行不群以顛越兮，又衆兆之所咍也。志，徐邈讀真而反。○按古音灰、咍，本通脂、之。此亦平去通韻。

舊注：咍，嗤笑也，楚語。○言忠而遇罰，非所期望，但獨行取害，又爲人所嗤笑耳。

紛逢尤以離謗兮，謇不可釋也。情沈抑而不達兮，又蔽而莫之白也。釋，古音施灼反。白，古音博。

舊注：紛，亂貌。離，遭也。○檢菴曰：「謗不可解，情莫之白，呼君而告之。怨慕之詞，如聞其聲。」

心鬱邑余侘傺兮，又莫察余之中情。固煩言不可結而詒兮，願陳志而無路。心，一作「忳」。中情，以韻讀之，當作「善惡」，「惡」又當從去聲讀。由離騷一句差互，故此亦因之耳。

舊注：離騷曰「解佩纕以結言」，思美人曰「言不可結而詒」。疑古者以言寄意於人，必以物結而致之，如結繩之爲也。按煩言，言之多也。

退静默而莫余知兮，進號呼又莫余聞。申侘傺之煩惑兮，中悶瞀之忳忳。瞀音茂。忳，徒昆反。

舊注：申，重也。瞀，亂也。忳忳，憂貌。〇自言中心藴結，侘傺非一，煩惑愈深，故曰申。至此小作一結，下另起一峯。

昔余夢登天兮，魂中道而無杭。吾使厲神占之兮，曰「有志極而無旁」。

舊注：杭，通作「航」。厲神，主殺伐之神也。旁，輔也。勞極心志，終無輔佐。○忽然追愬昔夢，低徊仰俯，意若委之于數，聊以自寬，其實無限傷心。大凡孤臣孽子，當水窮山盡之時，皆有此種神理，可以想見。

終危獨以離異兮，曰「君可思而不可恃」。故衆口其鑠金兮，初若是而逢殆。殆，晦翁叶徒係反。按古音紙、賄通韻。

舊注：獨必致危，異必見離。衆口毁之，自然之理。初以君爲可恃，故終至於殆也。可思不可恃，千古格言。豈惟事君，交友亦如是矣。

懲熱羹而吹韲兮，何不變此志也。欲釋階而登天兮，猶有曩之態也。韲，俗作「齏」。態，吴才老讀他計切。按古音寘、隊通韻。

舊注：言有懲於羹之熱者，後見冷韲，猶恐其熱而吹之。四句自詰自怪，備寫愚苦。釋階以況無援，登天以況得君。

濬按：上二句即離騷「悔相道」之旨，下二句即巫咸「不用夫行媒」之旨。

衆駭懼以離心兮，又何以爲此伴也。同極而異路兮，又何以爲此援也。

舊注： 衆，指平日同事，不指讒人。離騷所謂「昔[一]日之芳草」也。駭懼，恐禍相及也。極、路，所至之處也。二節又故作自悔自艾之語。

晉申生之孝子兮，父信讒而不好。行婞直而不豫兮，鮌功用而不就。就，古音疾僦切，與嘯、笑、效、號通爲一韻。

吾聞作忠以造怨兮，忽謂之過言。九折臂而成醫兮，吾至今乃知其信然。

舊注： 臂之見折，可醫也；忠之見摧，不可醫也。醫則容默而已矣，阿順而已矣。既謂之過，復信其然，怪歎不情之言也。〇可亭曰：「鄒陽語本此，極徘徊之致。」

矰弋機而在上兮，罻羅張而在下。設張辟以娛君兮，願側身而無所。

舊注： 操弓布網，皆謂之張辟。機，辟也。莊子「中於機辟」。言讒賊之人陰設機械，傷害君之所惡，以悦君意也。○檢菴曰：「説透千古小人陷害君子，用機之密，用意之巧。」

欲儃佪以干傺兮，恐重患而離尤。欲高飛而遠集兮，君罔謂女何之。儃，之然反。重，儲用反。尤，古音疑。

舊注：儃佪，猶低佪。干傺，謂求住也。罔，無也，猶言得無。

濬按：三「欲」字，計窮無路。

欲横奔而失路兮，蓋堅志而不忍。背膺胖以交痛兮，心鬱結而紆軫。胖音判。

舊注：横奔失路，妄行違道之譬也。胖，半分也。通上章三者皆不可爲，則胷背分裂而交痛，憂思鬱結而隱軫也。○適菴曰：「三『欲』字，自説自解，呼訴哽咽，所謂側身無所也。」

濬按：横奔，他適也。背膺胖，或背或向也。

擣木蘭以矯蕙兮，糳申椒以爲糧。播江離與滋菊兮，願春日以爲糗芳。糳，即各反。

舊注： 糳，精米。糗，乾飯屑。〇采擷芳香，不變素守，是屈子一生本領。曰願春日以爲糗芳，似有待時之意。其不忘君之一寤也，至矣！

恐情質之不信兮，故重著以自明。撟兹媚以私處兮，願曾思而遠身。質音致。重，直用反。曾音增。思，去聲。明音芒。身，晦翁叶音商。

舊注： 質，猶文質之質。撟，舉也。兹媚，謂所愛之道也。私處，猶云自娱也。〇首二句正應篇首，發憤抒情作結，復以己所自處者告之蒼天、羣神也。前言側身無所，此云曾思遠身。詞若絶望，言外有王庶幾改之，予日望之之意。

右惜誦

余幼好此奇服兮，年既老而不衰。帶長鋏之陸離兮，冠切雲之崔嵬。衰，所危反。冠，去聲。

舊注： 奇偉之服，以喻高潔之行，下冠劍、被服是也。切雲，高冠名。

濬按：去國即路，逐處傷心。

被明月兮佩寶璐。世溷濁而莫余知兮，吾方高馳而不顧。駕青虯兮驂白螭，吾與重華遊兮瑤之圃。俱上去通韻。

舊注：在背曰被。明月，珠也。璐，美玉名。○世莫余知，吾乃不顧，方將從聖帝遊寶所，所謂既老不衰也。

登崑崙兮食玉英。吾與天地兮比壽，與日月兮齊光。哀南夷之莫吾知兮，旦余將濟乎江湘。英，古音央。

舊注：所登之高，所食之潔，名壽兼得，全作自負之語。真乃古之狂也！南夷，不斥言楚，借言邊鄙夷人也。立言之體如此。

乘鄂渚而反顧兮，欸秋冬之緒風。步余馬兮山皋，邸余車兮方林。欸音哀。風，古音方愔反。

舊注：欸，歎也。緒，餘也。邸，舍也。方林，地名。反顧嘅歎，馬遲車留，徘徊於將濟之時，眷戀故國也。

濬按：此濟湘後所經歷歷。

乘舲船余上沅兮，齊吳榜以擊汰。船容與而不進兮，淹回水而凝滯。榜，此孟反，又音謗。吳才老以汏讀他計切。晦翁以滯讀丑介反。按古音霽、泰通韻。

舊注：舲船，船有窗牖者。齊，同時並舉也。榜，櫂也。吳榜，猶言越舲、蜀船也。汏，水波也。船不進而凝滯，亦戀故都也。此徘徊於方濟之時也。

朝發枉陼兮，夕宿辰陽。苟余心之端直兮，雖僻遠其何傷。陼，一作「渚」。

舊注：枉陼、辰陽，皆地名。〇朝發、夕宿，壯其一往之概，不復徘徊矣。

入漵浦吾儃佪兮，迷不知吾所如。深林杳以冥冥兮，乃猨狖之所居。漵，徐呂反。儃佪，一作「邅迴」。狖音又。

舊注： 漵浦，亦地名。○此四節是涉江行程，記此言其所入之僻遠也。

山峻高以蔽日兮，下幽晦以多雨。霰雪紛其無垠兮，雲霏霏其承宇。

舊注： 此言其所至之地之苦景，亦以喻讒人蔽君之象也。始願遊瑶圃，登崑崙，而今乃入山益深，入林益密矣。

濬按： 至所遷境，幽僻如畫。

哀吾生之無樂兮，幽獨處乎山中。吾不能變心以從俗兮，固將愁苦而終窮。

接輿髡首兮，桑扈臝行。忠不必用兮，賢不必以。伍子逢殃兮，比干菹醢。行不入韻，不可解。○疑此上脱二字。醢，吴才老讀虎猥切。按古音紙、賄通韻。

舊注：接輿披髮佯狂，後乃自髡。桑扈，疑即子桑伯子。家語謂其「不衣冠而處」，是即裸行之證也。

濬按：自是亦披髮行吟矣。

與前世而皆然兮，吾又何怨乎今之人。余將董道而不豫兮，固將重昏而終身。

舊注：董，正也。不豫，見惜誦。重昏，重疊昏昧，終不復見光明也。

亂曰：鸞鳥鳳凰，日以遠兮。燕雀烏鵲，巢堂壇兮。壇，式衍反。

露申辛夷，死林薄兮。腥臊並御，芳不得薄兮。薄字，廣韻止一音旁，入聲，不必音博。

舊注：王逸曰：「露，暴也。申，重也。」「言重積辛夷，露而暴之，使死林薄之中。比取賢人君子，棄之山野，使之顛墜也。」「薄，附也。」

陰陽易位，時不當兮。懷信侘傺，忽乎吾將行兮。

舊注：陰，謂小人。陽，謂君子。將行，謂將遠行去也。

右涉江

皇天之不純命兮，何百姓之震愆。民離散而相失兮，方仲春而東遷。

舊注：震，動也。愆，過也。天不福善禍淫，故曰不純命。仲春，萬物向榮之時，人民離散，已亦東遷，是以可哀也。君無善政，而歎天不純命，詩人忠厚之旨也。

濬按：通章總是不忍舍故鄉。

去故鄉而就遠兮，遵江夏以流亡。出國門而軫懷兮，甲之鼂吾以行。

舊注：此言其始行也。夏，水名。以甲日朝旦出門，循夏水而東行也。句却倒裝。

濬按：初就道之哀。

發郢都而去閭兮，怊荒忽其焉極。楫齊揚以容與兮，哀見君而不再得。怊，笞招反。

𢍰，古文齊字。

舊注：𢍰揚，同舉也。容與，徘徊也。言鼓棹者亦不欲去也。自己踟躕，却説鼓楫容與，亦僕悲、馬懷之意。

濬按：違君而哀。

望長楸而太息兮，涕淫淫其若霰。過夏首而西浮兮，顧龍門而不見。

舊注：夏首，夏水口也。龍門，楚南關二門之一。將别而流連喬木，已行而回首國門，悲從中來，不可斷絶。去國者不堪多讀。

濬按：離郢之哀。

心嬋媛而傷懷兮，眇不知其所蹠。順風波而流從兮，焉洋洋而爲客。蹠，古音張畧反。客，古音苦各反。

舊注：眇，猶達也。蹠，踐也。洋洋，無所歸貌。此言其在路也。此去不知其所踐之地，順風飄蕩，將終焉爲羈客而已。

濬按：舟行之哀。

凌陽侯之氾濫兮，忽翺翔之焉薄。心絓結而不解兮，思蹇産而不釋。絓，古話反。釋，古音施灼反。

舊注：陽侯，主江海，能爲大波。絓，懸也。蹇産，詰曲貌。

將運舟而下浮兮，上洞庭而下江。去終古之所居兮，今逍遥而來東。江，古音工。

舊注：運，回也。○此已至放所，而自歎也。回舟浮游，上則洞庭，下則大江，不得還郢也。遠離祖居，於焉逍遥，以此思哀，哀可知矣。

濬按：中路之哀。

羌靈魂之欲歸兮，何須臾而忘返。背夏浦而西思兮，哀故都之日遠。

舊注：自此以下，皆回思故都之某木某丘也。背，違也，非未過夏浦也。

濬按：漸遠之哀，已明言不忘返。

登大墳以遠望兮，聊以舒吾憂心。哀州土之平樂兮，悲江介之遺風。風，古音方愔反。

舊注：遠望可以當歸，故曰舒憂[二]。故都不可見，而州土平樂、江介遺風，如在目前，那得不哀之、悲之也。

濬按：回首之哀。

當陵陽之焉至兮，淼南渡之焉如？曾不知夏之爲丘兮，孰兩東門之可蕪。

舊注：陵陽，未詳。洪氏引仙人子明所居，陸時雍引卞和封陵陽侯，皆未當。夏屋丘墟，都門荒蕪，言其將來必然也。曾不知孰可大聲疾呼，喚醒楚王，意迫語急，所以爲哀郢也。

濬按：由東遷、西浮至南渡之哀。

心不怡之長久兮，憂與憂其相接。惟郢路之遼遠兮，江與夏之不可涉。

舊注：言哀思日以深，故國曰以遠，悽然有「國破山河在」之感。詩曰「百爾所思，不如我所之」，與此是一幅神理。

濬按：既遠之哀。

忽若去不信兮，至今九年而不復。慘鬱鬱而不通兮，蹇侘傺而含慼。慼，按戚、慼二字同音，讀子六反。

舊注：言我忽然去國，已是異事不信。至今九年，猶不復也。追憶此九年之中，以悲淚過日，亦不覺如是其久也。

濬按：遠而既久，哀益深矣。不通，謂故國絶無音信。

外承歡之汋約兮，諶荏弱而難持。忠湛湛而願進兮，妬被離而障之。汋音綽。湛，徒感反。被音披，一作「披」。障音章。

舊注：汋約，好貌。諶，誠也。荏，亦弱也。湛湛，重厚貌。被離，衆盛貌。言小人外爲諛説，以奉君之懽適，情態美好，誠使人心意輭弱而不能自持，是以懷忠而願進者，皆爲此嫉妬而壅蔽，不得進也。

彼堯舜之抗行兮，瞭冥冥其薄天。衆讒人之嫉妬兮，被以不慈之僞名。天字原與真韻通，此通耕、清韻，可見古音不拘執也。

舊注：莊子：「堯不慈，舜不孝。」戰國流俗有此語，以見讒人之口，無所不至也。

憎慍惀之脩美兮，好夫人之忼慨。衆踥蹀而日進兮，美超遠而踰邁。慍，紆紛反。惀，廣韻「力迍反」。忼，苦朗反。慨，一作「磕」，苦蓋反。

舊注： 愠，心所藴積也。思求曉知謂之愉。忼慨，壯士不得志於時而感傷也。○黄維章曰：「忼慨尤與愠愉相形，宵小安有忼慨之神氣？然當其得君時，侈口而談天下事，無一非忼慨之情狀也。君子氣無所吐，衹有藴積難明，遜其忼慨矣。『愠愉』『忼慨』四字，説得君子真可憎，小人真可好[三]。」

濬按： 美字正自謂超遠踰邁，則又至頃襄怒遷時矣。

亂曰：曼余目以流觀兮，冀壹反之何時。鳥飛返故鄉兮，狐死必首丘。信非吾罪而棄逐兮，何日夜而忘之。曼音萬。首，式救反。丘，古音去其反。

舊注： 曼，遠意。忘，謂忘其故都也。

濬按： 史遷所以悲其志也。亂辭全是不忘欲反。

右哀郢

心鬱鬱之憂思兮，獨永歎乎增傷。思蹇産之不釋兮，曼遭夜之方長。

舊注：無人可訴，故獨永歎。蹇産不釋，中心詰曲，如連環也。

濬按：此開口便是題旨。○九辨從此脱胎。

悲秋風之動容兮，何回極之浮浮。數惟蓀之多怒兮，傷余心之慢慢。數，所矩反。慢音憂。

舊注：動容，草木變色也。回極，謂天極回旋之樞軸[四]。浮浮，言其運轉之速而不可常也。數讀入聲亦佳。惟，亦不必訓思，言惟君之數怒也。○君之有怒，亦猶天之有秋也。惟多怒則刑罰不中，使我心憂耳。

願遥赴而横奔兮，覽民尤以自鎮。結微情以陳詞兮，矯以遺夫美人。平去通韻。

舊注：尤，過也。鎮，止也。矯，舉也。○遥赴横奔，言其急也。急欲諫君，有不俟駕而行之意。鎮，安静也。察民之罪，以自安静。結情而陳詞於君，欲其不忘怒也。

昔君與我成言兮，曰「黄昏以爲期」。羌中道而回畔兮，反既有此他志。平去通韻。

憍吾以其美好兮，覽余以其脩姱。與余言而不信兮，蓋爲余而造怒。憍與驕同。姱，古音枯。怒，煖五反。平上通韻。

舊注：憍，矜也。覽，示也。姱，好也。〇此承上有此他志也。君既自矜其能，言又不實，本無可怒。以惡我之故，始觸處生怒，故曰造怒。寫盈滿之君中讒之害，千載如見。

願承閒而自察兮，心震悼而不敢。悲夷猶而冀進兮，心怛傷之憺憺。憺，徒敢反。

舊注：察，白也。憺憺，安静意。〇按：憺，動也。又蘇林曰：「陳留人謂恐爲憺。」言承君之閒以自明，則心動且悼。徘徊欲進，則心傷且恐，終不敢言也。

兹歷情以陳詞兮，蓀詳聾而不聞。固切人之不媚兮，衆果以我爲患。詳與佯同。患，平音還，當在刪韻，廣韻偶遺此字。文、刪古韻通。

舊注：歷，列也。切人，懇切之人。君既自多其能，臣即順稱其美。切人直言，不惟君厭之，衆先患之矣。

初吾所陳之耿著兮，豈不至今其庸亡。何獨樂斯之謇謇兮，願蓀美之可完。完，晦翁叶胡光反，一作「光」。

舊注： 言昔吾所陳之言，雖甚明白，然招怒者此言，豈不至今而猶用以亡耶？吾非獨樂爲此謇謇，而不樂爲順從也，願君之美德猶可復全耳，終不敢絶望於君，所謂「尚幸君之一寤」也。

望三五以爲像兮，指彭咸以爲儀。夫何極而不至兮，故遠聞而難虧。儀，古音魚何反。虧，古音去何反。聞音問。

舊注： 望君以三皇五帝爲法，自以彭咸爲則，皆欲各至其極，則聲問遠播而無虧矣。

善不望外來兮，名不可以虛作。孰無施而有報兮，孰不實而有穫？穫，古音胡郭反。

舊注：此見美好脩姱，須有其實，此我所願成君德，樂斯謇謇也。

少歌曰：與美人之抽思兮，并日夜而無正。憍吾以其美好兮，敖朕辭而不聽。

舊注：少歌，樂章音節之名。抽思者，心緒萬端抽而出之，以陳於君也。并日夜，猶言無晝無夜。無正，無與平其是非也。敖與傲同。倨，視也。

倡曰：有鳥自南兮，來集漢北。好姱佳麗兮，牉獨處此異域。既惸獨而不群兮，又無良媒在其側。道卓遠而日忘兮，願自申而不得。望北山而流涕兮，臨流而太息。

舊注：倡讀唱，亦歌之音節，所謂「發歌句」者也。鳥，蓋自喻。屈原生於夔峽而仕於鄢郢，故云。○來集漢北，言其始仕也。處此異域，言今被放時也。

濬按：好姱佳麗，亦自比美女。

望孟夏之短夜兮，何晦明之若歲。惟郢路之遼遠兮，魂一夕而九逝。

舊注：秋夜方長，回計短夜易曉，使覺此夜之晦明若一歲也。郢路遼遠，自江南而言也。

濬按：後人閨怨、幽愁，總不能出此數語範圍。

曾不知路之曲直兮，南指月與列星。願徑逝而不得兮，魂識路之營營。

舊注：此言魂之逝也。自南來北，而曰「南指」者，人在赤道，北觀月星者必南向也。凡夜行者以月星而知向背。魂夢營營，終夜覓路，全是幻境。一夕九逝，終未嘗至，故曰「願徑逝而不得」也。○檢菴曰：「夢中不識路，何以慰相思」，不如此語之妙。

濬按：寫入夢魂，茫昧神境。

何靈魂之信直兮，人之心不與吾心同。理弱而媒不通兮，尚不知余之從容。

舊注：信，忠信。直，質直也。無媒而欲自通，所謂理弱也。人不從容，倉皇失守。從容者，志士仁人之路也。

亂曰：長瀨湍流，泝江潭兮。狂顧南行，聊以娛心兮。心、潭韻本通。

舊注：瀨，水淺處。湍，急流也。〇按此姑作自慰之詞，不得比歸。王作南行。既曰狂顧，又曰有心，無聊之極，慘於痛哭矣。

軫石崴嵬，蹇吾願兮。超回志度，行隱進兮。崴音隈，又烏皆反。願、進不必叶。震、願本通韻。

舊注：軫，方也。言志如方石，終不可轉。高嵬之行，我常願之。超邁回遠，志高而度越，欲所之行，隱然自進於道也。

低徊夷猶，宿北姑兮。煩冤瞀容，實沛徂兮。

舊注：北姑，地名。瞀容，瞀亂之意見於容貌也。實沛徂，誠欲沛然如水之流去也。方低徊而止宿，復沛然而長往，心煩意亂，不能自定也。

愁歎苦神，靈遥思兮。路遠處幽，又無行媒兮。

舊注：愁歎至於勞神，靈魂遠思，欲釋其苦，乃道逾遠而所處幽僻，又無介紹，終不得歸矣。

道思作頌，聊以自救兮。憂心不遂，斯言誰告兮。救，古音苦柚反。告、號，宥韻本通，吴才老讀居候反。

舊注：救，解也。道中且行，自寫而作此頌。長歌當哭，以自解耳。至於所憂，皆國家大事，將誰告乎？

濬按：救字猶遣也，而味深。

右抽思

滔滔孟夏兮，草木莽莽。傷懷永哀兮，汨徂南土。滔滔，史記及王逸本作「陶陶」。莽，古音莫補反。汩音越筆反。

舊注： 陶陶，盛陽貌。汩，行貌。徂南土，泝沅、湘也。

眴兮杳杳，孔静幽默。鬱結紆軫兮，離心而長鞠。 眴與瞬同，一音胡細反。默，史記作「墨」，吳才老讀莫卜反。按古、屋、職音通韻。而，史作「之」。

舊注： 眴，目數摇[五]動之貌。此杳，深冥之貌。幽默，無見無聞也。言南土山高澤深之患[六]。紆，屈也。軫，痛也。鞠，窮也。○

撫情效志兮，寃屈而自抑。刓方以爲圜兮，常度未替。 寃屈而，史作「俛詘以」。刓，五官反。按抑，古去聲，音人，與下替韻。舊本上二句屬上節，下二句屬下節，今以古音讀之，割上下另爲一節。

舊注： 撫，循也。效，猶覈也。自抑，强制其心，不欲愁也。若不自抑，必廢常法而變心從俗矣。此與下節皆作自信之語。○

易初本廸兮，君子所鄙。章畫志墨兮，前圖未改。廸，史作「由」。志，史作「職」。圖，史作「度」。改，晦翁叶己。按古音紙、賄通韻。

舊注：易初本廸，謂變易初心，而本此以進也。章，明也。畫，如卦畫之畫，有法度，森列不可淆亂之意。墨，繩墨也。圖，法也。

内厚質正兮，大人所晠。巧倕不斲兮，孰察其揆正。厚，史作「直」。正，史作「重」。晠，史作「盛」。倕，史作「匠」。

舊注：所晠，所盛美也。倕，書作「垂」，堯巧工也。言倕必斲而後知其巧，以比己不用，無人知其才德也。

濬按：才不用無以自見，千古實情。

玄文處幽兮，矇瞍謂之不章。離婁微睇兮，瞽以爲無明。處幽，史記作「幽處」。史無「瞍」字。睇音第。明，音見前。

舊注：言以玄墨文置于暗地，昧者不見。衆人能見有形，不能見無形也。離婁蹙目審視，而盲者以爲無明。世人能見粗，不能見精也。

變白以爲黑兮，倒上以爲下。鳳凰在笯兮，雞鶩翔舞。白以，史作「白而」。下，音見前韻。笯音奴。

同糅玉石兮，一槩而相量。夫惟黨人之鄙固兮，羌不知余之所臧。糅，女救反。史記無「惟」字、「之」字，「固」作「妬」，「余」作「吾」，無「之」字。

舊注：糅，雜也。槩，平斗斛木。

任重載盛兮，陷滯而不濟。懷瑾握瑜兮，窮不知所示。知，史作「得」，下仍有「余」字。

舊注：重車陷於泥濘，言時之當國者僨事也。不知所示，言己之才德無人識，將誰示也。

邑犬群吠兮，吠所怪也。非俊疑傑兮，固庸態也。非俊，史作「誹俊」。傑，史作「桀」。

舊注：非，毀也。此言德高行異者不合於俗，自然之理，不足爲怪。

文質疏内兮，衆不知余之異采。材朴委積兮，莫知余之所有。疏，史作「疎」。内，舊作「訥」，又如字。余，史作「吾」。采，此禮反。朴，史作「樸」。積史作「質」。有，古音以。

舊注：疏，迂闊也。内，木訥也。○文質疏内，盛德若愚也。材朴委積，實若虚也。

重仁襲義兮，謹厚以爲豐。重華不可遻兮，孰知余之從容。下「重」平聲。遻，一作「逆」，史作「牾」，吾路反。

舊注：襲，亦重也。豐，富足也。遻，逢也。從容，舉動自得之意。

古固有不並兮，豈知其何故？湯禹久遠兮，邈而不可慕。史無「何」、「而」字，「故」、「慕」下有「也」字。

舊注：言古有不並，言聖賢不並世而生。◯謂或有君無臣，或有臣無君也。

懲違改忿兮，抑心而自强。離慜而不遷兮，願志之有像。强，其兩反。慜，史作「湣」。像，史作「象」。

舊注：違，過也。像，法也。◯言與世相逢不能無忿，懲之改之，抑其不平之心，强於爲善，安心離慜而不遷，但願此志可爲法於後世也。

進路北次兮，日昧昧其將暮。舒憂娱哀兮，限之以大故。舒，史作「含」。娱，史作「虞」。

舊注：此思比歸郢都自知無時，而托言日暮也，乃作絶望之語，曰死期將至，限有定在，勉强舒憂以娱哀，其憂哀乃更甚矣。

亂曰：浩浩沅湘，分流汩兮。修路幽蔽，道遠忽兮。

舊注：言史自此至篇末，逐句有「兮」字。汩音骨。蔽，史作「拂」。此下，史有「曾唫恒悲兮，永歎慨兮。世既莫吾知兮，人心不可謂兮」。

懷質抱情，獨無匹兮。伯樂既没，驥焉程兮？史作「懷情抱質」。晦翁曰：「匹，當是『正』字之誤。以韻叶之，及以哀時命考之，可見。」

舊注：無正，言我之情質，無有正其是非者。程，謂校量才力也。

民生稟命，各有所錯兮。定心廣志，余何畏懼兮。

舊注：錯，置也。〇此決志沈淵之詞，言人之命皆天所措置，我命合自沈，天早已安排定矣。定心廣志者，見得道理如此，不如是則不安也。何畏懼者，非言畏死，畏其不合於聖賢之道耳。

曾傷爰哀，永歎喟兮。世溷濁莫吾知，人心不可謂兮。

舊注：晦翁曰：「按此四句，若依史記，移著『懷質抱情』之上，而以下章『死不可讓』承『余何畏懼』之下，文意尤通貫。但史記於此又再出，恐是後人因校誤加也。」

知死不可讓，願勿愛兮。明告君子，吾將以爲類兮。愛，吴才老讀許既反。按古音寘、隊通韻。

舊注：此故作自己丁寧之語，所以垂訓後人也。言人誰無死，死而成仁取義，慎無愛此七尺之軀也。後人有能不愛死者，吾將把臂同遊於地下矣。

濬按：此畢命辭也。

右懷沙

思美人兮，擥涕而竚眙。媒絶路阻兮，言不可結而詒。眙，止吏反。平去通韻。

舊注：擥，猶收也。竚眙，久立而直視也。

濬按：楚辭多是以美人指君，以女自比。蓋美人不定是女，如聖人、賢人、善人、大人之稱，可以比君，亦可以自比。故末章又自謂佳人，佳人即美人。後世以美人、佳人稱女，習用故，然古人並不專屬也。不然美男子、美丈夫及佳士等稱，豈男子、丈夫、士不得謂「人」乎？從來注皆以美人爲女者，因其説美人處多及媒理故也。不知媒理亦不專男求女，如鄭忽辭齊婚、懿氏卜妻敬仲之類，女求男，正皆有媒。若男求女，如鄭子晳强委禽，不得已，何難自致。大槩君求臣易，臣求君難；男求女直，女求男不能徑達。屈子以美人比君，而以女自比，情更深而文更雋。解者當知之。

蹇蹇之煩冤兮，陷滯而不發。申旦以舒中情兮，志沈菀而莫達。

舊注：陷滯，亦泥濘爲喻。中旦，達旦。煩冤不發，如在深夜，欲待旦以舒之，仍鬱積而不達也。

願寄言於浮雲兮，遇豐隆而不將。因歸鳥而致辭兮，羌迅高而難當。

舊注：承上陷滯而言，不能自達，而托之浮雲、歸鳥。雲師不將，鳥不我值，言終不可詒矣。○

此上章承二媒絶路阻來。

濬按：寫思情神妙。

高辛之靈晟兮，遭玄鳥而致語。欲變節以從俗兮，媿易初而屈志。

舊注：因上章歸鳥難當，而上感高辛之事，仍從媒字遞下，言求意外之遇合，除非變節從俗，而易初屈志之事，我所愧也。

獨歷年而離愍兮，羌馮心猶未化。寧隱閔而壽考兮，何變易之可爲？馮與憑同。化，毁禾反。爲，叶音訛。

舊注：馮，憤悶也。寧有隱閔而得壽考者？言不能塞默以苟生也。〇按此節緊承上變節二句，「壽考」二字，只當「終身」二字，言寧抱痛憂以畢，此言生變節易初之事，何可爲也！

知前轍之不遂兮，未改此度。車既覆而馬顛兮，蹇獨懷此異路。

舊注： 異路，人所不由之路也。 仍足上章意。

勒騏驥而更駕兮，造父爲我操之。 遷逡次而勿驅兮，聊假日以須旹。 指嶓冢之西隈兮，與纁黄以爲期。

舊注： 次，次且也。「遷逡次」三字重複，得妙法，出周頌「儀式刑文王之典」句，騷前後如此句法往往有之。 操轡勿驅，遲遲吾行也。 西日爲期，優游卒歲也。 展轉有待，殊無絶望之意。 纁，淺絳色。 日將入時，色纁且黄也。

開春發歲兮，白日出之悠悠。 吾將蕩志而愉樂兮，遵江夏以娱憂。 擥大薄之芳茝兮，搴長洲之宿莽。 惜吾不及古之人兮，吾誰與玩此芳草。

舊注： 古人不待今人，今人不及古人。 芳草之玩，古今人各安能有幾，又安能同時而玩耶？百世而下，同有此慨。○方欲娱憂，忽又傷懷。 騷人多感，觸日皆爲憂端也。

解萹薄與雜菜兮，備以爲交佩。佩繽紛以繚轉兮，遂萎絶而離異。吾且儃佪以娱憂兮，觀南人之變態。竊快在其中心兮，揚厥憑而不竢。芳與澤其雜糅兮，羌芳華自中出。萹音匾。繚音了。出，古音去聲，赤至反。

舊注： 言除去不芳之萹蓄、雜菜，備茝、莽以爲佩，佩則美矣，遂遭萎絶而離異矣。儃佪娱憂，終不改此度也。南人變態，所謂委厥美以從俗也。快非爲憑也，而憑自揚。有待於外而快，快於膚耳。

紛郁郁其遠烝兮，滿内而外揚。情與質信可保兮，羌居蔽而聞章。

舊注： 烝，芳氣遠聞也。此承上「芳華自中出」，言其香氣遠烝，滿於内而揚於外。自信情質可保，不至變易，所居雖蔽，名聞則章也。

令薜荔以爲理兮，憚舉趾而緣木。因芙蓉以爲媒兮，憚褰裳而濡足。

舊注：内美既足，耻因介紹以爲先容，而托以有憚也。薜荔爲理，喻登高以事貴戚。芙蓉爲媒，喻下求以從流俗。

登高吾不説兮，入下吾不能。固朕形之不服兮，然容與而狐疑。能，奴來反，讀如泥。

舊注：「登高」根「緣木」句，「入下」根「濡足」句，形偃蹇而不能服從流俗之態，心耿介而使然。故決出於此，而無所疑也。

廣遂前畫兮，未改此度也。命則處幽，吾將罷兮，願及白日之未暮也。獨煢煢而南行兮，思彭咸之故也。

舊注：我與世人異轍，故知其不遂；我與古人同畫，故可以廣遂。將罷者聽之命，未暮者在其願之死而靡他也。彭咸遺則，舍此無可依矣。

右思美人

惜往日之曾信兮，受命詔以昭時。奉先功以照下兮，明法度之嫌疑。

舊注：所惜者，往日；所恨者，今日也。曾信，曾見信於君也。時，時之政治。先功，先君之功烈。明法度之嫌疑，即指造爲憲令之事也。

濬按：此篇足考屈子疏、放、賦騷之前後。

國富强而立法兮，屬貞臣而日娭。秘密事之載心兮，雖過失猶弗治。屬音燭。娭與嬉同。

舊注：貞臣，原自謂也。日娭，謂君得優游也。密事載心，言慎重不洩也。過失弗治，法甚寬也。

濬按：富强法立有密事，貞臣便非空尚辭章。史所謂「王甚任之」。秘密事，猶後世軍機重事。

心純龐而不泄兮，遭讒人而嫉之。君含怒以待臣兮，不清澂其然否。否，方彼反。平上通韻。

舊注：不泄，不洩漏於同列。讒人，上官大夫、靳尚之徒也。清澂，猶審察也。

濬按：史所謂「王怒而疏」。

蔽晦君之聰明兮，虛惑誤又以欺。弗參驗以考實兮，遠遷臣而弗思。信讒諛之溷濁兮，盛氣志而過之。

舊注：貞臣方昭明時之政治，讒人乃蔽晦君之聰明，其道正相反也。始而虛言以惑誤，君蔽之既深，則明肆欺罔矣。參驗，以我與讒人之言參互而考驗之也。盛氣志者，含怒之所發也。過之，督過之也。

濬按：言不聽，計不從，惟弗參驗考實也。惑誤又欺，乃遠遷臣。明明既疏後，平使齊反時，王惑張儀絶齊，誤失地喪師，惑鄭袖、子蘭，誤受欺會秦，諫而不聽，遂盛怒而放之。上含怒，此盛氣志淺深已分。

何貞臣之無辠兮，被讒謗而見尤。慙光景之誠信兮，身幽隱而蔽之。尤，古音羽其反。

舊注：無罪見尤，慙見光景，身雖幽隱，猶備忠貞也。文勢至此一振，下臨淵沈流，正備忠貞於幽隱也。〇景，古影字。日月照臨，有光有景，人物不能逃，故曰誠信。而我身獨備歷幽隱，不蒙日月之照臨，故見光景而慙也。

臨沅湘之玄淵兮，遂自忍而沈流。卒没身而絶名兮，惜廱君之不昭。廱，古壅字，古音蕭。宵、肴、豪、尤、幽通用。

舊注：言没身絶名不足惜。惜讒人廱蔽，使君不明，故不以一死塞責而不言也。

濬按：此不忍遂沈流，所以賦離騷也。

君無度而弗察兮，使芳草爲藪幽。焉舒情而抽信兮，恬死亡而不聊。獨鄣廱而蔽隱兮，使貞臣而無由。

舊注：無度弗察，無撿押以知下也。藪幽，藪澤之幽暗也。繹之而不窮者，思也，故上曰「抽思」。引之而如一者，信也，故此曰「抽信」。貞無由而自盡，亦無由而自明，有此兩意，但以無由包之。妙！

濬按：舒情抽信，作賦之旨。史遷所云：「屈原放逐，乃賦離騷。」

聞百里之爲虜兮，伊尹烹於庖厨。吕望屠於朝歌兮，甯戚歌而飯牛。不逢湯武與桓繆兮，世孰云而知之。厨，才老、晦翁俱讀陳留反。晦翁又以之讀周。○厨有皮音，後漢黨錮傳「八厨」，此厨字亦當讀皮。牛，古音疑。

舊注：此言君能察下，故貞臣得用也。

濬按：史所謂「係心懷王，不忘欲反」。

吳信讒而弗味兮，子胥死而後憂。介子忠而立枯兮，文君寤而追求。封介山而爲之禁兮，報大德之優游。思久故之親身兮，因縞素而哭之。

舊注：此言君始不能察，貞臣死後乃悔，已無及也。

濬按：此冀死後或君之悟。

或忠信而死節兮，或訑謾而不疑。弗省察而按實兮，聽讒人之虚辭。芳與澤其雜糅兮，孰申旦而別之。訑音移。謾，謨官反。晦翁云「一説自篇首至此爲一韻」，其説似有理。古音不可求，而古韻相通處最寬也。

舊注：訑、謾，皆欺也。此承上介子、子胥之事而長歎之，言所以然者，皆由於君之不察耳。忠信、訑謾，各有實行可以省察，不按其實而信其虛，芳澤何由而別之乎？

何芳草之早殀兮，微霜降而下戒。諒聰不明而蔽壅兮，使讒諛而日得。戒，才老讀訖力切，云：「諽以革得聲，許慎讀若戒。若戒，二字本皆音棘。」〇按古音得轉去聲，多隊反。隊與得通韻。

舊注：聰不明，按孔穎達釋夬四爻小象：「聰，聽也。」言聽之不明也。得，得志也。

自前世之嫉賢兮，謂蕙若其不可佩。妒佳冶之芬芳兮，嫫母姣而自好。雖有西施之美容兮，讒妒入以自代。晦翁叶佩音備。好，虛既反。代，徒計反。或曰「好」疑當作「愛」。嫫音謨。

舊注：若，杜若也。

濬按：即此可見古人以美女自比，不以比君也。此即上離騷篇之娥眉。

願陳情以白行兮，得罪過之不意。情冤見之日明兮，如列宿之錯置。

舊注：白行，自明其所行。不意，出於意外也。情，情實。寃，寃枉。猶言曲直。日明，言逐日見之自明也。

棄騏驥而馳騁兮，無轡銜而自載。乘氾泭以下流兮，無舟檝而自備。背法度而心治兮，辟與此其無異。載，吴才老讀子計切。按古音本通韻。泭音敷。「舟」字疑當作「維」。辟與譬同。

舊注：氾泭，編竹木以渡水者也。馬無轡銜，桴無維楫，皆危事也。爲治而無法度，何以異此。

寧溘死而流亡兮，恐禍殃之有再。不畢辭以赴淵兮，惜壅君之不識。識音志，本通韻。按自戒韻起至此，本一韻，但好字入此韻，不得其解。

舊注：一曰「惜壅君之不昭」，再曰「惜壅君之不識」，惓惓欲以一死明讒人之罪，此法用於英主之世，未爲失計。漢張湯自殺而三長史皆案誅，以有武帝在上也。原死而上官、靳尚之屬不聞得罪，然千載而下，讀騷者輒代爲切齒，恨不起若輩於泉下而誅之。忠良之死，固讒諛之極刑也。

濬按：上二句沉淵之故，下二句作賦之故。

右惜往日

后皇嘉樹，橘徠服兮。受命不遷，生南國兮。徠，古來字。服，蒲北反。

舊注：受命不遷，攷工記所謂「橘踰淮而北爲枳」者也。

濬按：比體實開後世詠物之法。

深固難徙，更壹志兮。緑葉素榮，紛其可喜兮。上去通韻。

舊注：難徙，言其托根深厚。壹志，言其守志堅確。素榮，猶言白花。爾雅：「草謂之榮。」「木謂之華。」此言素榮，亦通稱也。曹植賦：「朱實不明，焉得素榮。」

曾枝剡棘，圓果摶兮。青黄雜糅，文章爛兮。曾音層。剡，以冉反。平去通韻。

舊注： 剡，利也。摶與圜同。曾枝剡棘，以比君子之有坊表。圜果青黄，以比君子内有嘉實，而外有文采也。

精色内白，類任道兮。紛緼宜脩，姱而不醜兮。道，晦翁叶徒苟反。按古音篠、小、巧、皓、有、黝韻通用。紛音墳。

舊注： 外色精明，内懷潔白，似有道者。紛緼，盛貌。宜修，橘樹須芟繁去蠹，似君子之檢身也。上曰「文章」，此曰「任道」，原蓋自許有道文人也。如此而後謂之不醜，古人立品狥名，所以求免醜耳。

嗟爾幼志，有以異兮。獨立不遷，豈可不喜兮。上去通韻。

舊注： 爾，指橘。言自幼已有此志，其本性然也。申前義而歎咏之也。

深固難徙，廓其無求兮。蘇世獨立，横而不流兮。

舊注： 重言不遷難徙，惟橘獨有此德，以况己之百折不回也。與世遷徙者，必有求，惟其無求，所以難徙。死而復生曰蘇。言雖經霜雪摧殘，亦必獨立不懼，以况己不肯隨流，苟免禍也。

閉心自慎，終不過失兮。秉德無私，參天地兮。按：古音地當入箇韻。吴才老「過失」作「失過」，地讀唐過切，當從之。

舊注： 以其精色内白，故曰閉心自慎。二句所謂純麗不泄也。屈子傷心正在此。

願歲并謝，與長友兮。淑離不淫，梗其有理兮。友，古音以。離，去聲。

舊注： 歲謝而後如橘之不凋，願及此時與之友也。離，如離立，言孤特也。梗，强也。

年歲雖少，可師長兮。行比伯夷，置以爲像兮。

舊注： 此必偶植稺橘而作頌，故有年歲雖少之語，即後人咏物之權輿也。喜橘之不踰淮，有似乎己之獨立不遷，故頌之以自況。伯夷亦獨立不遷，以是爲比，君子謂之善頌。

右橘頌

悲回風之摇蕙兮，心寃結而内傷。物有微而隕性兮，聲有隱而先倡。

舊注：回風，旋轉之風。蕙帶柔弱，故風起而摇動也。秋令初行，物雖未隕形，而已隕性，轉瞬而嚴霜堅冰，無物不隕，實風先爲之倡。智者見遠，故心傷也。世之治亂，道之興廢，亦猶是矣。

夫何彭咸之造思兮，暨志介而不忘。萬變其情豈可蓋兮，孰虚僞之可長。

舊注：造思，猶言立志。因感蕙草之隕性，遂言必如彭咸，乃回風之所不能摇者也。一任世態萬變，其情終不可揜，惟其志介不忘耳。若虚僞之人，豈能長保其志節乎？

鳥獸鳴以號群兮，草苴比而不芳。魚葺鱗以自别兮，蛟龍隱其文章。故荼薺不同畝兮，蘭茝幽而獨芳。

舊注：苴，枯草也。葺鱗自異，魚有不逐蛟龍之意，故蛟龍思自隱以避之，至靈固不與庸類爭也。然蛟龍之異於魚鱉者，文章耳。屈子，人中龍也，光爭日月，文章爲不可及矣。宣尼見龍也，而萬古推文。文者，天之所不能喪，而人之所爭以爲己任者也。山雞猶自愛其毛羽，況蛟龍哉？薺不同荼，遠其苦也。幽蘭空谷，守其獨也。物理且然，人可悟矣。

惟佳人之永都兮，更統世以自貺。眇遠志之所及兮，憐浮雲之相羊。介眇志之所惑兮，竊賦詩之所明。更，平聲。平去通韻。

舊注：佳人，原自謂也。○按：永都，亦不變之意。統世自貺，言統包一世之事，自責於己身也。眇然志之高遠，如雲之浮游太虛，言願甚奢也。因自歎此志終不能遂，竊賦詩自明而已。

濬按：佳人，即美人也。以自稱，可知美人不專比君。

惟佳人之獨懷兮，折芳椒以自處。曾歔欷之嗟嗟兮，獨隱伏而思慮。涕泣交而淒淒兮，思不眠以至曙。終長夜之曼曼兮，掩此哀而不去。

舊注：折椒自處，終不變也。上節言其立志之高，此節言其獨處之悲。

寤從容以周流兮，聊逍遥以自恃。傷太息之愍憐兮，氣於邑而不可止。於音烏。邑，烏合反。又並如字。

舊注：從容周流，欲遠遊也。言明發雖强自排解，而無如憂從中來，不可斷絶也。

糺思心以爲纕兮，編愁苦以爲膺。折若木以蔽光兮，隨飄風之所仍。糺，吉酉反。

舊注：糺，絞也。繩三合謂之股。繩纕，佩帶也。膺，胸也。折若木以蔽，傷照臨之不及，而羞以面目示人也。隨飄風所仍，悲托根之不固，而未知所底止也。屈子宗臣，而暗自比於羈旅、於幽囚，亦可哀之甚矣。

濬按：句新，開後人之琢鍊。

存髣髴而不見兮，心踴躍而若湯。撫珮衽以案志兮，超惘惘而遂行。

舊注：欲將君國之事付之不見，而心不能禁也。案志，所謂抑心而私自憐也。惘惘遂行，根從容周流來。

歲曶曶其若頽兮，旹亦冉冉而將至。蘋蘅槁而節離兮，芳已歇而不比。曶音忽。

舊注：節離，草昂則節脱也。比，合也。

憐思心之不可懲兮，證此言之不可聊。寧溘死而流亡兮，不忍此心之常愁。孤子唫而抆淚兮，放子出而不還。孰能思而不隱兮，昭彭咸之所聞。古音真、諄、臻、文、殷、玄、魂、痕、寒、桓、删、山、先、仙通用。

舊注：隱，痛也。○孤子失其父母，放子不得於父母，其悲一也。孰能不痛，惟作一死，我嘗聞於彭咸矣。

濬按： 此已絶望矣。

登石巒以遠望兮，路眇眇之默默。入隱嚮之無應兮，聞省想而不可得。

舊注： 省想聞見所不能接，但可省記思想也。此自以下，忽山、忽水、忽虹蜺、忽霧露、忽風穴、忽湍潮、忽炎煙、忽霜雪，如狂如癡，如魅如囈，觸物皆悲，隨處即淚，臨命之言，煩寃瞀亂，不可倫次也。

愁鬱鬱之無快兮，居戚戚而不可解。心鞿羈而不開兮，氣繚轉而自締。古音締，卦通。

舊注： 繚轉自締，謂繚戾回轉而自相結也。

穆眇眇之無垠兮，莽芒芒之無儀。聲有隱而相感兮，物有純而不可爲。古音儀，魚何反。爲讀譌。

舊注：上二句申言己之愁思，下二句復感歎君之偏聽也。聲有相感，怪其不能感動也。物不可爲，歎其偏信而不變也。朱子云：「不可爲，如言疾不可爲之之意。」

邈漫漫之不可量兮，縹綿綿之不可紆。愁悄悄之常悲兮，翩冥冥之不可娛。凌大波而流風兮，託彭咸之所居。

舊注：備寫愁緒，真覺身心茫茫無着，舍托彭咸無可安頓也。○朱可亭曰：「連用叠字，甚有逸態，『青青河畔草』等詩祖此。」

上高巖之峭岸兮，處雌蜺之標顛。據青冥而攄虹兮，遂儵忽而捫天。吸湛露之浮凉兮，漱凝霜之雰雰。依風穴以自息兮，忽傾寤以嬋媛。古韻通。

舊注：傾寤，傾側而覺寤也，大率悲感流連之意也。

馮崑崙以瞰霧兮，隱岐山以清江。憚涌湍之磕磕兮，聽波聲之洶洶。江，古音工。磕，苦蓋反。

舊注： 瀲霧，去其昏亂之氣也。隱，依也，如隱几之隱。清江，去其濁穢之流也。岐與岷同，江水所出也。磕磕，水石聲。

濬按： 連用叠字，句法促節繁絃，斷腸之詞。

紛容容之無經兮，罔芒芒之無紀。軋洋洋之無從兮，馳委移之焉止。

舊注： 容容，紛亂之貌。軋，傾壓之貌。言己心煩亂，無復經紀，進無所從，馳無所止，不欲去之意也。

漂翻翻其上下兮，翼遥遥其左右。氾潏潏其前後兮，伴張弛之信期。右古音以。潏音決。伴與叛同。期，平上通韻。

舊注： 上三句皆言其反覆不定之意。叛，繚散之貌也。言其憂心雖若不能自定，而其張弛進退，又自不失其時也。

觀炎氣之相仍兮，窺烟液之所積。悲霜雪之俱下兮，聽潮水之相擊。

舊注：烟液，火氣鬱而爲烟，烟所著又凝而爲液。危苦之魂，無處不到，炎寒二境尤盡。

借光景以往來兮，施黄棘之枉策。求介子之所存兮，見伯夷之放迹。

舊注：黄棘，晦翁以爲「以棘刺爲策，而又不直，則馬行速」，覺解牽强。補注引懷王與秦盟於黄棘事，又與上下文不用貫串，當别有解申。

心調度而弗去兮，刻著志之無適。曰吾願往昔之所冀兮，悼來者之悐悐。悐，它的反。一作「逖」。

舊注：調度，見離騷。言心平昔人之所爲，不必專指上文。二子弗去，弗去乎心也。刻，堅到意。

著，明也。無適，無他適也。所冀，謂欲有爲。來者，謂身後也。娛心調度之同，刻意志節之著，傷往日之無成功，悲死後之無終極也。

浮江淮而入海兮，從子胥而自適。望大河之洲渚兮，悲申徒之抗迹。

舊注：莊子：「申徒狄諫紂不聽，負石自沈於河。」

驟諫君而不聽兮，任重石之何益？心絓結而不解兮，思蹇産而不釋。

舊注：任重石，即所謂「懷沙」也。○此節即從申徒而長歎之，如聞其聲。言申徒負石自沉，何益於君？知其無益，而終不得不死，舍此更無歸着，所以心終不解，思終不釋也。傷哉！以上九節，自「上高巖」起，似皆擬死後之事。靈魂所之，上天下地，周流四方，求介子、伯夷、子胥、申徒，引爲同心。又歎後之視今，亦猶今之視昔。往昔可怨，來者更可悼也。

右悲回風

【校記】

［一］昔，原作「背」，據離騷改。

［二］憂，原作「夏」，據文義改。

［三］好，原作「惡」，據楚辭聽直校改。

［四］軸，原作「輔」，據朱子集注改。

［五］摇，原作「一」，據朱子集注改。

［六］患，原作「官」，據文義改。

楚辭卷五

分寧胡濬源乙燈增注

男雲從　雲行　雲翼　會雲　凌雲　雲作
姪友梅　友蘭　內姪張奉仁　仝校字

招魂

舊注：招魂者，屈原之所作也。原身放江南，心繫宗國，托爲此辭，以見己之不忘郢都，而終當歸魂於此也。少陵彭衙行「煖湯濯我足，剪紙招我魂」，是用之於生人，唐時猶有此事。大史公曰：「余讀離騷、天問、招魂、哀郢，悲其志。」其爲原作，當必有據。不知王逸又何據以爲宋玉作也？今觀此篇，與離騷、九歌等篇同一氣調，爲原作無疑。九辯蒼凉雋爽，自是宋玉本色，其不逮原遠矣。

濬按：招魂，離騷之極致，正披髮行吟，若狂若迷，不知身之是己，己之是心，自招自魂，愈奇愈妙。魂即惜誦之「魂中道無杭」，哀郢之「靈魂忘返」，抽思之「魂一夕九逝」等句之魂，至此更解散，不知所往，故招之。若死後出，他人所招，便索然矣！

朕幼清以廉潔兮，身服義而未沬。主此盛德兮，牽於俗而蕪穢。沬，古音去聲，莫佩反。

舊注：沬與昧同，言己自幼至今，常以盛德爲主。此指上二句。然而世俗牽率，使雜列蕪穢之中，而無以自別也。

上無所考此盛德，長離殃而愁苦。

舊注：上，君也。君敝於俗，故無所考也。離，罹也。

帝告巫陽曰：「有人在下，我欲輔之。魂魄離散，汝筮予之。」古音下音户，予音與。通上二句，爲一韻。

舊注：帝，天帝也。女曰巫。陽，其名也。人，謂原也。筮予，占其魂之所在，使返於其身也。

濬按：奇想天開，却是至性真情。

巫陽對曰：「掌寥，上帝其命難從。若必筮予之，恐後之謝，不能復用巫陽焉。」

晦翁「陽，叶弋[二]公反」，韻從。殊未安。〇按夢、從一韻，予、後一韻，「謝不能」爲一句，末無韻。古音厚部，原與語、麌、姥通用。

舊注：巫陽以爲，招魂本掌寥之官所職，今帝命有不可從者，若必筮其所在而予之，恐不及事，故曰後。末二句言巫陽謝不能，而帝復用巫陽也。

乃下招曰：魂兮歸來，去君之恒幹，何爲乎四方些。舍君之樂處，而離彼不祥些。些，蘇賀反。離，一作「罹」。

舊注：巫陽復用，乃不復筮，而徑下詔也。恒幹，常體也。些，語詞。沈存中云：「今夔峽湖湘及南北江獠人，禁呪句尾皆稱『些』，乃楚舊俗。西域咒語末皆云『娑婆訶』，亦三合爲『些』

也。」今人只求之於雅，不求之於俗，故下一半都不曉。

魂兮歸來，東方不可以託些。長人千仞，惟魂是索些。十日代出，流金爍石些。彼皆習之，魂往必釋些。歸來歸來，不可以託些。古音石，常署反。釋，施灼反。

舊注：彼，謂其處居人也。釋，解爛也。四方上下六段，讀之驚心駭魂，如觀吴道子地獄變相。

魂兮歸來，南方不可以止些。雕題黑齒，得人肉以祀，以其骨爲醢些。蝮蛇蓁蓁，封狐千里些。雄虺[二]九首，往來儵忽，吞人以益其心些。歸來歸來，不可以久淫些。古音紙、尾、薺、誨、賄通用。

舊注：雕題，雕刻其額也。蓁蓁，積聚之貌。千里，健走千里，以求食也。淫，淹也。

魂兮歸來，西方之害，流沙千里些。旋入雷淵，爢散而不可止些。幸而得脱，其外曠宇些。赤蟻若象，玄蠭若壺些。五穀不生，藂菅是食些。其土爛人，求水無所得些。彷徉無所倚，廣大無所極些。歸來歸來，恐自遺賊些。旋，去聲。靡，莫爲反。㚔，古文幸字。字、壺平上通韻。遺，去聲。

舊注： 靡，爛也。壺，乾匏也。

魂兮歸來，北方不可以止些。增冰峨峨，飛雪千里些。歸來歸來，不可以久些。久，古音几。

舊注： 千里，謂涼風急時，疾雪隨之，飛行千里，乃至地也。

魂兮歸來，君無上天些。虎豹九關，啄害下人些。一夫九首，拔木九千些。豺狼從目，往來侁侁些。懸人以娭，投之深淵些。致命於帝，然後得瞑些。歸來歸來，往恐危身些。從，即容反。侁音莘。娭，許其反。古音真、先通用。

舊注： 九關，天門九重，虎豹守之。九千，一日拔木九千也。從，竪也。侁侁，衆貌。○作人曰

「彼皆習之，幸而得脱，致命於帝，然後得瞑」諸句，忙裏偷閒，化板爲活，妙絶！

魂兮歸來，君無下此幽都些。土伯九約，其角觺觺些。敦脄血拇，逐人駓駓些。參目虎首，其身若牛些。此皆甘人，歸來歸來，恐自遺災些。觺音疑。牛，古音疑。脄，一作「脢」，並音梅。按古音獨、都在虞模部，本不通。晦翁叶丁奚反。

舊注：土伯，后土之侯伯也。約，屈也。其身九曲。觺觺，角利貌。敦，厚。脄、脢通，臂也，易咸「其脢」。拇，手大指。駓駓，走貌。參，三也。

魂兮歸來，入脩門些。工祝招君，背行先些。秦篝齊縷，鄭綿絡些。招具該備，永嘯呼些。魂兮歸來，反故居些。門、先韻本通用。絡，古音平聲，音盧。

舊注：脩門，郢城門。背行，以面鄉魂，而行先導之也。篝，薰籠。縷，綫也。綿，纏也。絡，縛也。秦、齊、鄭，其國工善爲此也。陸時雍曰：「篝，落也。魂行乘空，故設篝縷爲綫，綿絡爲笮，若世之所爲浮度是也。」招具，即謂此上三物，禮所謂「上服」也。嘯呼，冀魂歸而相與長嘯大呼以招之也。

天地四方，多賊姦些。像設君室，静閒安些。

舊注：上二句總收上六段，下二句承「入脩門」一段。像設君室，王逸謂「爲君造設第室，法像舊廬」所在處也。得之。

高堂邃宇，檻層軒些。層臺累榭，臨高山些。網户朱綴，刻方連些。冬有突厦，夏室寒些。川谷徑復，流潺湲些。光風轉蕙，氾崇蘭些。經堂入奥，朱塵筵些。突，於叫反。氾音汎。

舊注：檻，楯也。堂前施檻，檻外又設層軒也。臨高山，臺榭在上也。網户，雍録曰：「刻爲連文，遞相綴屬，其形如網也。」朱綴，以朱塗其連綴之處也。突，深隱處，室東南隅。突厦冬温，陰室夏寒。徑復，言激導川水，徑過回復，其流急疾也。光風，雨止日出而風，草木有光也。氾，淺拂輕度之意。西南隅謂之奥。塵，承塵。筵，竹席。鋪陳曰筵，藉之曰席。言風自蘭蕙之間，經由堂中，以入于奥與廛筵之間也。

濬按：逐層鋪陳綺麗，此兩京、三都賦之祖也。

砥室翠翹，挂曲瓊些。翡翠珠被，爛齊光些。蒻阿拂壁，羅幬張些。纂組綺縞，結琦璜些。砥音咫。瓊，讀如渠陽反。璜讀如黄。古音庚、清韻與陽、唐通。

舊注：砥，礪石也。以石磨室也。翠翹，翠鳥長尾也。曲瓊，玉鉤也。蒻，蒻席。阿，曲隅。拂，薄也。以蒻席薄四壁及曲隅也。幬，禪帳也。纂組，綬類。言幬帳皆用綺縞，又以纂組結束，玉璜爲飾也。

室中之觀，多珍怪些。蘭膏明燭，華容備些。二八侍宿，射遞代些。古音寘、至、志、未、霽、祭、泰、卦、怪、夬、隊、代、廢韻通用。射音亦。

舊注：華容，謂美人。二八，二列也。左傳所謂「女樂二八」是也。射，厭也。每夜以二八爲數，意有厭倦，則使更相代也。

九侯淑女，多迅衆些。盛鬋不同制，實滿宮些。平去通韻。

舊注：九侯淑女，設言商九侯之女。迅衆，妙敏多材，異於衆人也。鬋，鬢也。

空態好比，順彌代些。弱顔固植，謇其有意些。韻通用，見前。

舊注：比，親也。彌，竟也。自始來至代去，順適如一也。弱顔固植，貌柔弱而立堅定也。謇，難言貌。言雖不出，而意則可憐也。

姱容脩態，絙洞房些。娥眉曼睩，目騰光些。

舊注：絙，繩也，遍于洞房若絙也。曼，長而輕細之貌。睩，目睞視之轉。言微微轉睛，而目有光上騰也。

靡顔膩理，遺視矊些。離榭脩幕，侍君之閒些。矊音綿。

舊注：遺視，竊視也。睩，瞳黑也。方言：「黸瞳之子謂之睩。」注云：「睩，邈也。」離，當如離宮之離，猶言别館也。或離榭，或長幕，侍君之閒暇也。

翡帷翠帳，飾高堂些。紅壁沙版，玄玉之梁些。

舊注：下二句言室中塗堊之色，壁則赤白，版則淡黄如沙，梁則黑如玄玉。

仰觀刻桷，畫龍蛇些。坐堂伏檻，臨曲池些。芙蓉始發，雜芰荷些。紫莖屏風，文緑波些。文異豹飾，侍陂陁些。軒輬既低，步騎羅些。蘭薄户樹，瓊木籬些。魂兮歸來，何遠爲些。古音蛇，徒何反。池音駝。陂音婆。陁音駝。籬音羅。爲音譌。輬音凉。

舊注：屏風，即荇菜也。文緑波，言芙蓉、芰荷、屏風花葉雜浮，風蹙水動，緑波爛若也。陂陀，平漫之處。言侍從皆衣虎豹異飾，從遊陂陀之處。軒，曲輈藩車也。輬，卧車也。薄，迫也。瓊木，猶言玉樹。蘭迫户而種，又以嘉木爲籬落也。

室家遂宗，食多方些。稻粢穱麥，挐黃粱些。大苦鹹酸，辛甘行些。肥牛之腱，臑若芳些。和酸若苦，陳吳羹些。胹鼈炮羔，有柘漿些。鵠酸臇鳧，煎鴻鶬些。露雞臛蠵，厲而不爽些。穱音捉。挐，女居反。腱，居言反。臑音如。羹，古郎反。柘，一作「蔗」。臇，徂兗反。臛，呼各反。蠵音攜。爽，平上通韻。

舊注：室家，宗族也。宗，尊也。言君既歸來，則宗族皆尊之，當爲設食，其方法多也。粢，稷也。穱，擇也。挐，揉也。黃粱香美，逾于諸粱，合此數種爲飯也。大苦，豉也。二句和五味也。腱，筋頭也。臑，若熟爛也。「若苦」之若，訓作及。吳羹，吳人工作羹也。胹，煮也。柘漿，取藷蔗之汁爲漿也。鵠酸，以酢漿烹鵠爲羹也。臇之少汁曰臇。鶬鶬，鶴也。露鷄，露棲之鷄。有菜曰羹。無菜曰臛。蠵，大龜之屬。厲，烈也。爽，敗也。楚人名羹敗曰爽。老子曰：「五味令人口爽。」

粔籹蜜餌，有餦餭些。瑤漿蜜勺，實羽觴些。挫糟凍飲，酎清涼些。華酌既陳，有瓊漿些。歸反故室，敬而無妨些。粔音巨。籹音女。酎，值又反。

舊注：粔籹，環餅也。吴謂之膏環，亦謂之寒具，以蜜和米麪煎熬作之。餌，擣黍爲之，方言謂之「糕」。粻餭，餳也，亦謂之飴。蠠，通作冪，以疏布蓋尊也。勺，挹酒器。羽觴，酒器，爲生爵形，似有頭尾羽翼也。言舉冪用勺酌酒而實爵也。挫，捉也。凍，冰也。言有則爲覆蹙乾釀，提去其糟，但取清酎，居之冰上而飲之，酒清涼又味長也。酎，酒斗也。○

肴羞未通，女樂羅些。敶鍾按鼓，造新歌些。涉江采菱，發揚荷些。美人既醉，朱顏酡些。娭光眇視，目曾波些。被文服纖，麗而不奇些。長髮曼鬋，艷陸離些。揚，一作「陽」。荷，一作「阿」。奇，古音渠禾、居禾二反。離，古音羅。曾，陸云作「層」。

舊注：按，猶擊也。荷，當作「阿」。涉江〔三〕、采菱、揚阿，皆楚歌名。娭，戲也。眇，眺也。曾，重也。不奇，奇也。黄曰：「娭光者醉後之目，微帶娭笑之容。」

濬按：此美人纔實是女。

二八齊容，起鄭舞些。衽若交竿，撫按下些。竽瑟狂會，搷鳴鼓些。宫庭震驚，發激楚些。吴歈蔡謳，奏大吕些。衽，而甚反。搷，田、殿二音。○

舊注：衽，衣襟也。言舞人迴轉衣襟，相交如竿也。撫按下者，按節徐行，如推若曳也。摃，急擊如梭擲之勢也。激楚，歌舞之名。此言大合衆樂而爲高張急節之奏也。

士女雜坐，亂而不分些。放敶組纓，班其相紛些。鄭衛妖玩，來雜陳些。激楚之結，獨秀先些。班，一作「斑」。結與髻同，韻通用。

舊注：結，頭髻也。激楚之結，蓋歌舞此曲者之飾也。秀先，秀異而先進於衆也。

箟蔽象棊，有六簙些。分曹並進，遒相迫些。成梟而牟，呼五白些。晉制犀比，費白日些。鏗鍾搖簴，揳梓瑟些。箟音昆。蔽，必計反。簙音博，一作「博」。迫，古音博。白，古旁各反。比，頻二反。揳，古八反。日、瑟，當是换韻，不必叶也。

舊注：箟，竹名。蔽，博籌也。投六箸、行六棊，故爲六博。箟簬作箸、象牙作棊也。遒亦迫也。倍勝爲牟。五白，簙齒也。言已棊已梟，當成牟勝，故呼五白以助投，所謂相迫也。晉制犀比，言晉國工作簙、棊、箸，比集犀角以爲飾也。鏗，撞也。撞鍾則簴搖動也。揳，切絃也。言博者方不顧白日之幕，而堂下又鳴鍾理瑟以作樂也。

娭酒不廢，沈日夜些。蘭膏明燭，華鐙錯些。結撰至思，蘭芳假些。人有所極，同心賦些。酎飲盡歡，樂先故些。魂兮歸來，反故居些。古音夜，羊茹反。錯，去聲，音措。假音格。轉，去聲。居，平去通韻。

舊注：此樂作而酒又行也。鐙，錠也。徐鉉曰：「錠中置燭，故謂之鐙。」假，至也。謂結述其深主之情思，爲詞以相樂，如蘭芳之忽至也。極，傾倒也。賦，賦詩。謂不歌而誦其所撰之詞，左傳「趙武過鄭，七子賦詩」是也。然作詩亦謂之賦。詩文唱酧，千古得意事。以此一事招魂，在屈子尤爲不愧先故舊事也，陳嬰母曰「未聞汝先故之有貴者」是也。

亂曰：獻歲發春兮，汩吾南征。菉蘋齊葉兮，白芷生。路貫廬江兮，左長薄。倚沼畦瀛兮，遥望博。

舊注：廬江、長薄，皆地名。左者，行出其右也。畦，區也。瀛，池中也。楚人名池澤中曰瀛。

依已成之沼，而復爲瀛也。博，平也。

青驪結駟兮，齊千乘。懸火延起兮，玄顏烝。步及驟處兮，誘騁先。抑騖若通兮，引車右還。與王趨夢兮，課後先。君王親發兮，憚青兕。烝音證，本入證韻。車乘之乘，亦有平聲，三都賦、恨賦皆有此讀。要之古人四聲一貫，兩聲名義之説起於既有四聲之後，古不拘也。處，去聲。夢音蒙。

舊注：此節盛言田獵之樂以招之。懸火，言夜獵懸鐙林中，其火延燒野澤，上烝玄天，使天赤色也。步及驟處，步行而及驟馬之處，言走之疾也。誘，前導驟騁，以誘獵衆也。若，順也。抑，止。馳騖者，順通獵事，引車左轉，以射獸之左也。夢，澤名。言與王獵于夢澤，課第群臣之先後也。憚青兕者，兕最難射，見王親發而憚，美王之善射也。

朱明承夜兮，時不可淹。皋蘭被露兮，斯路漸。漸音尖。

舊注：朱明，日也。日夜相承，四時不得淹，至漸没也。春深則草盛，水生而路没也。

湛湛江水兮，上有楓。目極千里兮，傷春心。魂兮歸來，哀江南。楓，古音方愔反，入侵韻。侵、覃，古韻通用。

舊注：楓木似白楊，葉圓而岐，有脂而香，厚葉弱枝，善搖，至霜後葉丹可愛，故騷人多稱之。目極千里兮，言湖澤博平，春草尚短，望見千里，令人愁思。屈子不忘歸郢，故言江南之地可哀如此，不宜久留也。

【校記】

［一］弋，原作「七」，據朱子集注改。

［二］虺，原作「狐」，據朱子集注改。

［三］江，原作「泣」，據朱子集注改。

楚辭卷六

分寧胡濬源乙燈增注

男雲從會雲行凌雲作翼　姪友梅蘭內姪張奉仁　仝校字

卜居

舊注：卜居者，屈原之所作也。屈原哀憫當世之人習安邪佞，違背正直，故陽爲不知二者之是非可否，而將假蓍龜以決之，遂爲此辭。發其取舍之端，以警世俗云。

濬按：此客難、解嘲、答賓戲之祖也。居不待卜，而龜蓍先定。在心則雖龜蓍，固不如已知。

屈原既放，三年不得復見，竭知盡忠，而蔽鄣於讒。心煩慮亂，不知所從。乃往見太卜鄭詹尹，曰：「余有所疑，願因先生決之。」

詹尹乃端策拂龜，曰：「君將何以教之？」

屈原曰：「吾寧悃悃欵欵朴以忠乎？將送往勞來斯無窮乎？

舊注：悃悃欵欵，誠實傾盡之貌。朴，質直而無文。忠本難容，朴以忠，未免徑情直，遂怒易觸而讒易入，此屈子自知其病，而不能改、不肯改者也。送往勞來，追俗人也。邪佞之人，逢迎工巧，終日周旋於前後左右，無有窮期也。

濬按：此自己商酌，已自周妥。

寧誅鋤草茅以力耕乎？將游大人以成名乎？

寧正言不諱以危身乎？將從容富貴以媮生乎？媮本音俞，說文「從女，俞聲」，朱子云音偷。

舊注：媮生，冀安樂也。根本句來，不必照應「危身」。

寧超然高舉㠯保貞乎？將哫訾粟斯、喔咿儒兒，以事婦人乎？哫音足。訾，即慈反。粟，一作「栗」。斯，一作「凘」。喔音握。咿音伊。儒兒，一作「嚅唲」。嚅音儒。唲，汝怡反。

舊注：喔咿，欲言不言之狀。粟，詭隨也。斯，語詞。喔咿儒兒，强作笑語，以求媚也。事婦人，爲婦人之事也。妾婦之道，以順爲正。喔咿八字，皆柔弱婦人之貌，故云。

寧廉潔正直以自清乎？將突梯滑稽、如脂如韋，以絜楹乎？滑音骨。絜，胡結反。

舊注：突梯，滑澾貌。滑稽，顔師古曰：「圓轉縱捨，無窮之狀。」脂，肥澤。韋，柔軟也。楹，屋柱，亦圓物。○滑稽，轉注之器，其器轉注不已，故以稱辯捷之人。絜楹，言與楹比圓也。杜詩云「全身學馬蹄」，即此義也。

寧昂昂若千里之駒乎？將氾氾若水中之鳧，與波上下，偷以全吾軀乎？

寧與騏驥亢軛乎？將隨駑馬之迹乎？

舊注：亢，舉也。軛，車轅前衡也。

寧與黄鵠比翼乎？將與鷄鶩争食乎？

此孰吉孰凶？何去何從？

濬按：明明寧字凶，將字吉，將字去，寧字從。

世溷濁而不清，蟬翼爲重，千鈞爲輕。黄鍾毁棄，瓦釜雷鳴。讒人高張，賢士無名。吁嗟默默兮，誰知吾之廉貞！」張，晦翁音帳。

舊注：問卜已畢，因而自歎也。

詹尹乃釋策而謝，曰：「夫尺有所短，寸有所長。物有所不足，智有所不明。數有所不逮，神有所不通。用君之心，行君之意，龜策誠不能知事。」明，古音謨郎反。通，朱叶他光反。知，下亦有此字。

舊注：問卜諸詞，人世之所謂吉凶去從，不問已可知矣。詹尹釋策而謝，亦以人世之所謂吉凶去從，不足以煩屈子之聽也。此與漁父莞爾而笑，鼓枻而歌滄浪，不復與言者，皆深知屈子之人。奈何班固輩反碌碌耶？

濬按： 既放三年，猶能往見太卜，是尚未絶迹故都也。下篇漁父相與寒温，識爲三閭大夫，是尚未禁錮人事也。故猶有返國復用之望，情辭不極哀慟，作九歌，賦離騷，當在此後。至九章，則又經頃襄怒遷，憂極不可解矣，天問當在其後。招魂則披髮行吟，若狂若迷矣，哀郢、懷沙即在其時。通玩各篇情辭氣調，便知之。史記首重離騷，大篇也，諸篇可該。中述漁父，實既放也，卜居可類，卒歸懷沙。要終也，九章可推。更舉天問、招魂、哀郢，悲其志也，離騷可並讀。惟九歌託諷，非實指，不及焉。要皆未詳分次序也。漢志二十五篇，亦未明列前後。自王逸注以來，篇次乃遂如今。以此二篇列於末，蓋相沿已古因之。

漁父第七

舊注： 漁父者，屈原之所作也。

屈原既放，遊於江潭，行吟澤畔，顏色憔悴，形容枯槁。

濬按：此篇寫局内心事，不可與局外言。

漁父見而問之，曰：「子非三閭大夫與？何故至於斯？」

屈原曰：「舉世皆濁我獨清，衆人皆醉我獨醒，是以見放。」

漁父曰：「聖人不凝滯於物，而能與世推移。世人皆濁，何不淈其泥而揚其波？衆人皆醉，何不餔其糟而歠其釃？何故深思高舉，自令放爲？」移，古音弋多反。淈，古没、胡没二反。釃，一作「醨」，古音羅。爲，古音譌。

舊注：以水釁糟曰釃。醨，薄酒也。

屈原曰：「吾聞之：新沐者必彈冠，新浴者必振衣。安能以身之察察，受物之汶汶者乎？

舊注：察察，潔白也。汶汶，沾辱也。○按物指衣冠，言沐浴之後，不受衣冠之塵也。

濬按：「安能」緊對「何不」，語甚決絶。

寧赴湘流，葬於江魚之腹中，安能以皓皓之白，而蒙世俗之塵埃乎？」塵埃，史作「温蠖」。白，古音博。蠖，於郭反。二句自韻。

舊注：温蠖，猶昏憒也。

漁父莞爾而笑，鼓枻而去，乃歌曰：「滄浪之水清兮，可以濯吾纓。滄浪之水濁兮，可以濯吾足。」遂去，不復與言。濁、足，古韻通。

舊注：屈子古狷者流，其志行必則彭咸，本不必有合大中之行。然屈子亦未嘗自諱，述漁父之規，以聖人不疑滯於物，而能與世推移。及鼓枻而歌滄浪云云，明明道出不以見笑而改其志，蓋孔之所謂「成仁」，孟之所謂「取義」者，夫固即大中之行矣。如曰別有所謂大中以善死道，將天下無復有殺身舍生之人矣。

濬按：冷眼人觀熱中，絶妙！至此舉世無知心矣。上篇即離騷問靈氛、巫咸之意，此篇即女嬃詈予之旨。

楚辭卷七

分寧胡濬源乙燈增注
男雲從雲行雲翼
會雲凌雲作
姪友梅友蘭內姪張奉仁　仝校字

九辯第八

舊注：九辯者，屈原弟子楚大夫宋玉之所作也。言閔惜其師忠而放逐，故作九辯以述其志云。

濬按：九辯寫憂思亦極悲慘，然不及九章之真切沉慟，所謂倩人抑搔，未若毫毛在身，拔之無不省也。

悲哉，秋之爲氣也！蕭瑟兮，草木摇落而變衰。憭慄兮，若在遠行。登山臨水兮，送將歸。衰，所危反。憭，流、了二音。

舊注： 草木摇落，有別離之意。秋士處亂，感此生悲，故以在遠送歸比之。一若字可玩，非即謂身在羇旅之中也。

泬寥兮，天高而氣清。宗漻兮，收潦而水清。憯悽增欷兮，薄寒之中人。愴怳懭悢兮，去故而就新。坎廩兮，貧士失職而志不平。廓落兮，羇旅而無友生。惆悵兮，而私自憐。宗漻，一作「寂寥」，音同。怳，許昉反。懭，口廣反。悢音朗。廩，當作「稟」，盧敢反。廓，苦郭反。憐，古人憐、鄰本同一音，廣韻「憐」字俗書作「怜」，亦以音之同而借之也。按真、諄、臻與耕、清、青原不相通，而古人多有合用者，楚辭已屢見，易屯、觀、革、兑、節五卦，繫辭傳皆有之，以此知五方之音多不能齊，古人以方音爲詞，非按譜而求之也。

舊注： 泬廖，曠蕩空虚也。嵺，空虚也。收潦水清，濁水至秋而清也。愴怳懭悢，皆失意貌。去故就新，感時物而言之。坎廩，屯蹇不得志也。廓落，空寂也。此句方著羇旅。

燕翩翩其辭歸兮，蟬宗漠而無聲。鴈廱廱而南遊兮，鵾雞啁哳而悲鳴。啁，竹交、張流二反。哳，陟轄反。

舊注：嗗嘶，聲繁細貌。

獨申旦而不寐兮，哀蟋蟀之宵征。時亹亹而過中兮，蹇淹留而無成。

舊注：過中，謂漸衰暮也。○日中則昃，火中寒暑乃退。過中之感，賢愚同歎。

右一

悲憂窮戚兮獨處廓，有美一人兮心不繹。去鄉離家兮徠遠客，超逍遥兮今焉薄。

舊注：有美一人，謂屈原也。繹，解也。抽絲曰繹，則不結而解也。

繹，古音弋灼反。客，古音苦各反。

專思君兮不可化，君不知兮可奈何？蓄怨兮積思，心煩憺兮忘食事。願一見兮道余意，君之心兮與余異。車既駕兮朅而歸，不得見兮心傷悲。化，古音毁禾反。「積思」之思，去聲。朅，丘傑反。

舊注：君，指楚王。食事，食與事也。竭，去也。○楊升菴引呂氏春秋注：「竭，何也。」若然，則竭之爲言盍也。言車既駕矣，盍而歸乎？

倚結軨兮長太息，涕潺湲兮下霑軾。忼慨絶兮不得，中瞀亂兮迷惑。私自憐兮何極？心怦怦兮諒直。瞀音茂。怦，普耕反。

舊注：軨，車軾下縱横木也。忼慨絶兮不得，欲命絶而不得也。益知九章之忼慨，不當解作小人矣。怦怦，心急貌。

右二

皇天平分四時兮，竊獨悲此廩秋。白露既下百草兮，奄離披此梧楸。去白日之昭昭兮，襲長夜之悠悠。離芳藹之方壯兮，余萎約而悲愁。廩，一作「凜」。披，一作「被」。「離芳」之離，去聲。藹，於蓋反。

舊注：廩秋，秋氣廩然而寒也。離披，分散貌。襲，入也。藹，繁茂也。余，宋玉爲屈原之自余也。凡言余及我者仿此。

秋既先戒以白露兮，冬又申之以嚴霜。收恢台之孟夏兮，然欿傺而沈臧。葉菸邑而無色兮，枝煩挐而交横。顔淫溢而將罷兮，柯彷彿而萎黄。萷櫹槮之可哀兮，形銷鑠而瘀傷。惟其紛糅而將落兮，恨其失時而無當。欿與坎同。臧，古藏字。菸，依倨反。挐，女除反。横，古音黄。罷音疲。萷音朔。櫹槮音蕭參。瘀，於去反。糅，女救反。

舊注：恢台，廣大貌。欿，陷。傺，止也。言收斂長養之氣，使陷止而沈藏也。菸邑，傷壞也。煩挐，擾亂也。淫溢，積漸也。萷，木枝竦也。櫹槮，樹長貌。瘀，敗血也。惟，思也。

擥騑轡而下節兮，聊逍遥以相佯。歲忽忽而遒盡兮，恐余壽之弗將。悼余生之不時兮，逢此世之俇攘。澹容與而獨倚兮，蟋蟀鳴此西堂。心怵惕而震盪兮，何所憂之多方。卬明月而太息兮，步列星而極明。俇音狂。攘，而羊反。一作「恇勷」，一作「趨躟」。澹，徒敢反。卬，古仰字。明，古音謨郎反。

舊注：擥，持也。下節，按節也。侹攘，狂遽貌。西堂，以西令秉權爲言耳，非言蟋蟀獨鳴於西堂也。澹容與，徐步也。

右三

竊悲夫蕙華之曾敷兮，紛旖旎乎都房。何曾華之無實兮，從風雨而飛颺。以爲君獨服此蕙兮，羌無以異於衆芳。華，古音疑。旖，依、倚二音。旎，你、尼二音。又音「阿那」，即詩「猗儺」字。

舊注：曾，重也。旖旎，盛貌。都大也。房，北堂也。詩所謂背古人植花草之處，無實解。見離騷。風雨飛颺，以比遭讒之危，少陵哀李光弼「風雨秋一葉」即此意。始以懷王專意于原，而卒乃以衆芳目之，爲可歎也。

閔奇思之不通兮，將去君而高翔。心閔憐之慘悽兮，願一見而有明。重無怨而生離兮，中結軫而增傷。

舊注：奇思，忠信也。有明，有以自明也。重，深念也。生離苦矣，無怨生離尤爲至苦。少陵云：「生離與死别，萬古共悲辛。」又云：「死别已吞聲，生别常惻惻。」明生别之尤不堪也。生而不堪，何如無生？屈子之死，于此決矣。

豈不鬱陶而思君兮，君之門以九重。猛犬狺狺而迎吠兮，關梁閉而不通。狺音銀。

皇天淫溢而秋霖兮，后土何時而得漧。塊獨守此無澤兮，仰浮雲而永歎。漧，古乾字。

舊注：秋霖二句，況君澤之横施也。易屯膏非九五所宜，然亦有「小貞吉」之文。后土長無乾時，亦非美事。

右四

何時俗之工巧兮，背繩墨而改錯。却騏驥而不乘兮，策駑駘而取路。當世豈無騏驥兮，誠莫之能善御。見執轡者非其人兮，故跼跳而遠去。鳧鴈皆唼夫粱藻兮，鳳愈飄翔而高舉。錯音措。唼音翣。舉，上、去通用。

舊注： 馬立不常謂之蹻。唼喋，鳧鴈食貌。

圜鑿而方枘兮，吾固知其鉏鋙而難入。衆鳥皆有所登棲兮，鳳獨遑遑而無所集。

鑿音造。鉏，牀吕反。鋙音語。

舊注： 鉏鋙，不相當也。

願銜枚而無言兮，嘗被君之渥洽。太公九十乃顯榮兮，誠未遇其匹合。

舊注： 寫心以言，言者遇合之善物也。前二句思寵渥而不可以無言，後二句感遲暮而庶幾其一遇。君臣之誼，愈疎愈親；功名之志，愈老愈壯。此屈子孤忠，宋玉爲能知之深也。

謂騏驥兮安歸？謂鳳凰兮安棲？變古易俗兮世衰，今之相者兮舉肥。

舊注： 肥者，多肉之謂，肉眼故喜之。舉肥二字，笑盡千古。符子云：「堯、舜至聖，身如脯腊；桀、紂無道，肌膚二尺。」人安能察堯、舜于至濬，而擯桀紂于至肥乎！

騏驥伏匿而不見兮，鳳凰高飛而不下。鳥獸猶知褱德兮，何云賢士之不處。

舊注： 言非賢士之不處，無德以致之也。

驥不驟進而求服兮，鳳亦不貪餧而求食。君棄遠而不察兮，惟願忠其焉得。欲宋漠而絶端兮，竊不敢忘初之厚德。獨悲愁其傷人兮，馮鬱鬱其何極？

舊注： 絶端，謂滅其端緒，不使人知也。初之厚德，即上文嘗被渥洽也。

右五

霜露慘悽而交下兮，心尚奞其弗濟。霰雪雰糅其增加兮，乃知遭命之將至。願徼幸而有待兮，泊莽莽與壄草同死。奞同幸。壄，即野字。死，上、去通用。願自直而徑往兮，路壅絶而不通。欲循道而平驅兮，又未知其所從。然中道而迷惑兮，自厭按而學誦。性愚陋以褊淺兮，信未達乎從容。竊美申包胥之氣晟兮，恐時世之不固。厭、壓同。誦，吴才老云：「徐邈讀牆容反」。○平去通韻也。晟，吴才老作「盛」。固，當作「同」。

舊注：厭按，皆仰止之意。學誦者，不可與言，但自誦而已。詩「聽言則對，誦言如醉」，此意也。陸時雍曰：「誦述古道，以自寬也。詩『我思古人，實獲我心』，處憂憤而不忒，賴有此耳。」義亦通。美包胥，言己能爲包胥之事，恐時世不同也。

何時俗之工巧兮，滅規矩而改鑿。獨耿介而不隨兮，願慕先聖之遺教。處濁世而顯榮兮，非余心之所樂。與其無義而有名兮，寧窮處而守高。鑿，在到反。樂，盧到反。高，平、去通韻。

舊注：名，即顯榮之名，非脩名也。

食不媮而爲飽兮，衣不苟而爲温。竊慕詩人之遺風兮，願託志乎素餐。蹇充倔而無端兮，泊莽莽而無垠。無衣裘以御冬兮，恐溘死而不得見乎陽春。媮音偷，古韻通。

舊注：食衣二語，作好人妙訣。充倔，記作「充詘」，注謂「喜失節貌」。○陸時雍曰：「衣裘御冬，肝膽御窮。古人所以重知己也。」

右六

靚杪秋之遥夜兮，心繚悷而有哀。春秋逴逴而日高兮，然惆悵而自悲。四時遞來而卒歲兮，陰陽不可與儷偕。靚，疾正反。繚音了。悷，靈帝反，又音列。儷音戾。古韻本通，不必叶。

舊注：靚與静同。繚，繞也。悷，悲結也。逴，遠也。儷，偶也。不可偶而與之偕，言彼去而己留也。

白日晼晚其將入兮，明月銷鑠而減毁。歲忽忽而遒盡兮，老冉冉而愈弛。心摇悦而日幸兮，然怊悵而無冀。中憯惻之悽愴兮，長太息而增欷。平、上、去通韻。

舊注：晼晚，景映也。摇悦與晉人「犇悦」字法俱新。○柯亭曰：「摇悦二句，哀樂廢興，善言老態。」

年洋洋以日往兮，老嵺廓而無處。事亹亹而覬進兮，蹇淹留而躊躇。平、上通韻。

舊注： 嵺廓，空也。此章全是遲暮之感，不言怨而怨益深矣。

右七

何氾濫之浮雲兮，猋廱蔽此明月。忠昭昭而願見兮，然露曀而莫達。氾與泛同。廱，一作「壅」。然，又一作「蔽」。露音陰。月、曷韻通。

舊注： 露，雲覆日也。曀，陰風也。

願皓日之顯行兮，雲蒙蒙而蔽之。竊不自料而願忠兮，或黕點而汙之。黕，丁感反。遇、霽韻不通，朱子謂「之」二字爲韻。

舊注： 黕點，滓垢也，黑也。汙，沾辱也。

堯舜之抗行兮，瞭冥冥而薄天。何險巇之嫉妬兮，被以不慈之僞名。彼日月之照明兮，尚黯黮而有瑕。何況一國之事兮，亦多端而膠加。黮，徒感反。瑕，古音胡。加，古音居莎反。○按：瑕入麻韻，音何，歌、麻本通韻也。陸機文賦「累良質而爲瑕」，與「和」韻，可見古音瑕字在虞、模、侯部。正字通以字彙「胡音」爲非，是不知古音也。

舊注： 黯黮，雲黑。膠加，戾也。賢愚反戾，人異其形，有如瑕然。

被荷裯之晏晏兮，然潢洋而不可帶。既驕美而伐武兮，負左右之耿介。憎慍惀之脩美兮，好夫人之慷慨。衆踥蹀而日進兮，美超遠而逾邁。農夫輟耕而容與兮，恐田野之蕪穢。事緜緜而多私兮，竊悼後之危敗。世雷同而炫曜兮，何毀譽之昧昧。裯音刁。潢、洋俱上聲。泰、卦、隊通韻，不必叶。

舊注： 荷裯，被服美好之意。潢洋，自恣也。美何可驕？武何可伐？在君左右，而進之以勿驕伐，是耿介也。負當作背解。注以剛勇訓耿介，而君恃之。耿介二字，屈子曾以目堯、舜矣，王亦取以目屈子矣，豈俱剛勇武夫耶？

今修飾而窺鏡兮，後尚可以竄藏。願寄言夫流星兮，羌儵忽而難當。卒靡蔽此浮雲兮，下暗漠而無光。

舊注： 古人處獨，皆修飾之地，故可以竄藏。今人處衆，皆竄藏之地，故愈不肯修飾。屈子瞥光景之誠信，竄藏之意也；身幽隱而備之，修飾之意也。宋玉可謂窺其深矣。

右八

堯舜皆有所舉任兮，故高枕而自適。諒無怨於天下兮，心焉取此怵惕？乘騏驥之瀏瀏兮，馭安用夫强策？諒城郭之不足恃兮，雖重介之何益。

舊注： 瀏瀏，如水之流也。騏驥四句，格言偉論，正驕美、伐武之藥石也。耿介二字，於此可想。

邅翼翼而無終兮，忳惛惛而愁約。生天地之若過兮，功不成而無效。忳，徒渾反。惛音昏。約轉去聲，音要。

舊注：邅，行不進。約，窮約也。若過，古詩所謂「人生天地間，忽是遠行客」是也。

願沈滯而不見兮，尚欲布名乎天下。然潢洋而不遇兮，直怐愗而自苦。怐，遘、寇二音。愗音茂。

舊注：怐愗，愚貌。

莽洋洋而無極兮，忽翱翔之焉薄？國有驥而不知乘兮，焉皇皇而更索？甯戚謳於車下兮，桓公聞而知之。無伯樂之善相兮，今誰使乎譽之？罔流涕以聊慮兮，惟著意而得之。紛忳忳之願忠兮，妬被離而鄣之。譽，一作「訾」，即慈反。○按：訾字于韻雖協，于義似相戾，且得、鄣二字相韻，難以紐合，豈亦以四「之」字爲韻耶？

舊注：著意，言存於心而不釋也。此句絶有望於其君，不敢作菲薄之詞。忳忳，專一貌。

願賜不肖之軀而別離兮，放遊志乎雲中。乘精氣之摶摶兮，騖諸神之湛湛。驂白霓之習習兮，歷群靈之豐豐。摶，度官反。湛，讀若蟲。

舊注： 不曰行遯而曰別離，明欲去之不情也。苦言深致，妙於寫懷。精氣，謂日月。摶與團同。湛湛，厚集貌。習習，飛動貌。豐豐，言多也。

左朱雀之茇茇兮，右蒼龍之躍躍。屬雷師之闐闐兮，通飛廉之衙衙。茇音旆。躍，其俱反。衙，古音吾。

舊注： 茇茇，飛揚貌。躍躍、衙衙，皆行貌。

前輕輬之鏘鏘兮，後輜棄之從從。載雲旗之委蛇兮，扈屯騎之容容。輬音涼。從，楚紅反。屯，徒渾反。

舊注： 輕輬，車之輕而有窻者。從從，扈從貌。輜，軿車，載衣物，前後皆悶者也。

計專專之不可化兮，願遂推而爲臧。賴皇天之厚德兮，還及君之無恙。平、去通韻。

舊注：專專，專一於君也。臧，善也。此節繾綣低徊，深得屈子之意。不敢怨天而反曰賴天，立言柔厚如此。

右九

楚辭卷八

分寧胡濬源乙燈增注

男雲從 雲行 雲翼
會凌 作
姪友梅 內姪張奉仁 仝校字
蘭

大招第九

舊注：大招，不知何人所作。或曰屈原，或曰景差，自王逸時已不能明矣。晦翁謂凡差語皆平淡醇古，意亦深靖閒退，不爲詞人墨客浮豔之態，其爲差作無疑。然古今文字剏始則妙，學步便遜。招魂絶世奇文，本不易有匹敵。大招何人，亦不謂之劣手。然驟與之並觀，神采未免有異矣。況擬九諸作，正如張協輩之於枚氏七發耶？然此篇末五條説向大處，不僅行樂諸事，如此命意，既有可取，而平淡醇古處，亦未必拘拘以奇麗勝也。

濬按：此等題一經學步，文雖工，便無奇情，然末數節歸於「正始昆」、「賞罰當」、「尚賢士」、「國家爲」、「尚三王」等語，皆上世郅隆之道，足補招魂之所未及。惟有如此，亦真足以招魂矣，真不忝於題上著大字矣！不然一味摹彷原詞，僅以只字易些字，便爲新調，雖踵而增華，終類蹈襲，又何勞抗行立篇。

青春受謝，白日昭只。春氣奮發，萬物遽只。冥凌浹行，魂無逃只。魂魄歸徠，無遠遥只。只音止。遽，朱子叶渠驕反。○按：豦，從豪省，是亦諧聲字也。

舊注：受謝，言玄冬謝去而青春受之也。冬寒則日無光輝，春氣和煖，而後白日昭明也。遽，驟也，言萬物得春氣發生之驟也。冥，幽暗也。凌，冰也。浹，周洽也。○按：言春風解凍，冰凌周洽流行。魂，陽氣也，亦隨時發越，故戒以無逃也。淮南子曰：「天氣爲魂，地氣爲魄。」顧亭林曰：「古人讀謝爲序。謂四時之序，終則有始，而春受之耳。」不作去解。

魂兮歸來，無東無西，無南無北只。

東有大海，溺水浟浟只。螭龍並流，上下悠悠只。霧雨淫淫，白皓膠只。魂乎無東，湯谷宋寥只。古音尤、幽與宵、蕭、肴、豪爲一韻，不必叶。湯音陽。

舊注：溺水，水性善沈也。潎潎，迅疾貌。悠悠，螭龍行貌。皓膠，其氣色皓然正白，回錯膠戾也。湯谷，日所出，人迹不到，宋然無所聞見也。

魂乎無南，南有炎火千里，蝮蛇蜒只。山林險隘，虎豹蜿只。鰅鱅短狐，王虺騫只。魂乎無南，蜮傷躬只。蜿，烏丸反。鰅，魚容反。騫讀若褰，音軒。躬，吴叶居員反。

舊注：蜒，長貌。蜿，虎行貌。鰅、鱅，皆魚名。林西仲曰「鰅鱅狀如犁牛」，未知何據。短狐，即蜮也。王虺，大蛇也。騫，舉頭貌。

魂乎無西，西方流沙，漭洋洋只。豕首縱目，披髮鬤只。長爪踞牙，誒笑狂只。魂乎無西，多害傷只。縱，將容反。鬤，而羊反。踞，疑當作「鋸」。誒音嬉。

舊注：縱，直竪也。鬤髮亂貌。誒，强笑也。言西方有神如此。

魂乎無北，北有寒山，逴龍赩只。代水不可涉，深不可測只。天白顥顥，寒凝凝只。魂乎無往，盈北極只。逴音卓。赩，許力反。疑，一作「凝」，魚力反。

舊注：逴龍，山名。赩，色赤，無草木也。顥顥，冬夏積雪，天光恒白。凝凝，氣結也。盈北極，言寒氣滿北極，不堪其凍也。

魂魄歸徠，閒以靜只。自恣荆楚，安以定只。逞志究欲，心意安只。窮身永樂，年壽延只。魂乎歸徠，樂不可言只。安、延、言，古韻本通用。

舊注：此段總挈下十四節。

五穀六仞，設菰粱只。鼎臑盈望，和致芳只。内鶬鴿鵠，味豺羹只。魂乎歸徠，恣所嘗只。臑，仁珠反。内與納同。羹，古音古郎反。

舊注：六仞，言積穀之多。臑，熟也。盈望，望之滿案也。和致芳，調和致其芳者也。内，納也，納于羹之中也。

鮮蠵甘雞，和楚酪只。醢豚苦狗，膾苴蓴只。吳酸蒿蔞，不沾薄只。魂兮歸徠，恣所擇只。蓴，普各反。沾音添。擇，古音鐸。

舊注：苦，以膽和醬也。苴蓴，一名蘘荷，切以爲香也。沾，多汁也。薄，味淡也。言吳人工調酸醎，爚蒿蔞以爲虀，其味不醲不薄，適甘美也。

炙鴰烝鳧，煔鶉陳只。煎鰿臛雀，遽爽存只。魂乎歸徠，麗以先只。鴰，古活反。煔音潛。鰿音積。韻本通。

舊注：煔，爚也。鰿，小魚。爽，清快也，食之而遽快於口也。麗先，先進美麗之味，以快魂也。

四酎并孰，不澀嗌只。清馨凍飲，不歠役只。吳醴白糵，和楚瀝只。魂乎歸徠，不遽惕只。澀，俗作「澁」，色力反。嗌，伊昔反。飲，按當作「歃」。

舊注：酎，三重醲酒。秦月令：「春醲，孟夏成。」漢以春醲，八月成。此云「四酎」，則是踰年，四重醸矣。嗌，咽喉，以其味醇，故不澀喉。不歠役，言不多歠，不爲飲歠所役也。再宿曰醴。瀝，清酒也。以吴醴和楚瀝，甘且清也。不遽惕，言酒可解憂，飲之可無惶遽怵惕也。以上四章，招之以飲食。

代秦鄭衛，鳴竽張只。伏戲駕辯，楚勞商只。謳和揚阿，趙簫倡只。魂乎歸徠，定空桑只。

舊注：伏羲之駕辯，楚之勞商，疑皆古曲名。揚阿，楚歌名。以趙國之簫奏揚阿爲先倡，而謳以和之也。空桑，琴瑟名。定，定意歸處以聽之也。

二八接武，投詩賦只。叩鍾調磬，娱人亂只。四上競氣，極聲變只。魂乎歸徠，聽歌譔只。賦與下不叶，朱子曰「未詳」。亂、變、譔通韻。

舊注：二八，歌者之列數也。詩賦，幽雅關雎、鹿鳴之類。亂者，樂奏將終，八音齊作，金聲石振，以娱人也。四上，按古樂四節，初升歌，二笙入，三間歌，四合歌，凡四次上也。競氣、極聲變，言盡態極妍，窮諸音聲之變也。譔，具也，言歌無不具也。已上二章，招之以音樂。

朱脣皓齒，嫭以姱只。比德好閒，習以都只。豐肉微骨，調以娱只。魂乎歸徠，安以舒只。嫭音護。姱，古音枯。按嫭字，即此姱字異文。比，必寐反。

舊注： 嫭、姱，好貌。比德，美人才德相比。好閒，美好而閒暇。習，習於禮節。都，容態之雅，不鄙野也。

嫮目宜笑，娥眉曼只。容則秀雅，稺朱顔只。魂乎歸徠，静以安只。嫮與嫭同。

舊注： 曼，長而輕細也。則，法也。稺，猶俗言嬌嫩也。

姱脩滂浩，麗以佳只。曾頰倚耳，曲眉規只。滂心綽態，姣麗施只。小腰秀頸，若鮮卑只。魂乎歸徠，思怨移只。鮮音犀。按佳、卑，古韻本通。規、施、移，古通歌、弋。顧亭林曰：「此始以規、施、移三字入支、佳韻。」

舊注：滂浩，廣大也。曾，重也。言面豐滿，頰肉若重。倚耳，耳貼後也。鮮卑，即漢書匈奴傳所云「犀毗」。師古曰：「胡帶之鉤也。」言腰支細小，頸鋭秀長，若以鮮卑之帶約而束之也。○張焕如曰：「意鮮卑人纖束，故云。」解頗直捷。移，去也。

易中利心，以動作只。粉白黛黑，施芳澤只。長袂拂面，善留客只。魂乎歸徠，以娱昔只。易，以豉反。利，一作「和」。澤，古音鐸。客，古音苦各反。昔，按顧亭林曰「古音鵲」。○按考工記「朱色而昔」，音錯。

舊注：易中利心，皆敏慧之意。昔，夜也。

青色直眉，美目媔只。靨輔奇牙，宜笑嗎只。豐肉微骨，體便娟只。魂乎歸徠，恣所便只。媔音緜。靨，于牒反。嗎，虚延反。便，平聲。

舊注：直眉者，青色一線，所謂如遠山者也。媔，言其流盼之妙。嗎，笑貌。言其口輔之好。豐肉微骨，前言其骨肉匀停，故曰調。此言其有逸致，而不癡肥，故曰便娟。以上五章，招之以美色。

夏屋廣大，沙堂秀只。南房小壇，觀絶霤只。曲屋步壛，宜擾畜只。騰駕步遊，獵春囿只。觀，去聲。壛，當作「欄」，與檐、簷同。畜，古音許救反。囿，古音肄，與郁、域同，自此與秀、霤韻，讀爲于救反矣。

舊注：沙，丹砂。○按「沙堂」與招魂「沙版」當別有解。夏屋，正堂，爲接見賓客之所。南房、小壇，當是退憩之地。觀，樓觀也。屋水流處曰霤。古者室有複穴，皆開其上以取明，雨則霤之。此樓觀之簷引水別通，不見其霤，故曰絶霤也。曲屋，周閣也。步欄，長廊也。擾畜，馴養禽獸。步遊，即徒行。時而駕，時而步，時而獵于囿，隨其所適，極言樂也。

瓊轂錯衡，英華假只。茝蘭桂樹，鬱彌路只。魂乎歸徠，恣志慮只。假，古音古。上、去通韻。

舊注：假，大也。言所騰之駕以玉飾轂，以金錯衡，大有光耀。又芳樹竟路，皆言春囿之樂也。

孔雀盈園，畜鸞皇只。鵾鴻群晨，雜鶖鶬只。鴻鵠代遊，曼鷫鷞只。魂乎歸徠，鳳凰翔只。

舊注：晨，旦鳴也。曼，曼衍也。○此亦言春囿之所有。言珍禽畢集，鳳凰宜下，以比楚國多賢，魂宜來歸也。已上三章，招之以宫室、園囿，並車馬、草木、禽鳥皆備，非徒聲色之娱也。

曼澤怡面，血氣盛只。永宜厥身，保壽命只。室家盈庭，爵禄盛只。魂乎歸徠，居室定只。

舊注：室家，謂宗族。盈庭，滿朝廷也。定，言爲宗族所依也。○此下小作一結，應前總挈一章，下乃説向大處。

接徑千里，出若雲只。三圭重侯，聽類神只。察篤夭隱，孤寡存只。魂兮歸徠，正始昆只。

舊注：首二句，言地廣民衆。三圭，謂公、侯、伯所執之圭。重侯，猶曰陪臣。楚僭王號，其縣有稱公者，故云。聽類神，言其聽察之明篤厚也。察夭死幽蔽者而厚之，則孤寡皆得所也。昆，後也。正其始以及後人也。

田邑千畛，人阜昌只。美冒衆流，德澤章只。先威後文，善美明只。魂乎歸徠，賞罰當只。平、去通韻。

舊注：畛，田上道也。冒，覆也。善美明，言既善美而又光明也。

名聲若日，照四海只。德譽配天，萬民理只。北至幽陵，南交阯只。西薄羊腸，東窮海只。魂乎歸徠，尚賢士只。古音紙音止。尾、薺、蟹、駭、賄、海韻通用。

舊注：幽陵，幽州。羊腸，山名，在太原晉陽西北。言楚王脩德，方尚進賢士，歸可有爲也。

發政獻行，禁苛暴只。舉傑壓陛，誅譏罷只。直贏在位，近禹麾只。豪傑執政，流澤施只。魂乎歸徠，國家爲只。晦翁曰：「暴不叶下韻。未詳。」〇苛暴，疑當作「暴苛」。罷，古音婆。

麾，古音許戈反。施，古音式何反。爲，古音譌。

舊注：獻行，令百官上其行治也。舉傑壓陛，廷登俊傑，使在高位以壓階陛也。誅，責也。譏，讒殄之人。罷，疲軟之夫。直，正直。贏，才有餘。禹麾，指禹懸鍾、鼓、磬、鐸、鞀，以待四方之士事。言其聽諫而賢士來也。國家爲，言國家可爲也。

雄雄赫赫，天德明只。三公穆穆，登降堂只。諸侯畢極，立九卿只。昭質既設，大侯張只。執弓挾矢，揖辭讓只。魂乎歸來，尚三王只。卿，古音羌。平、去通韻。

舊注：雄雄二句，言威盛而德明也。三公二句，言立三公之職比於天子。登降堂，猶詩「陟降庭止」也。諸侯二句，言諸侯來朝也。極，至也。昭質，謂射侯所畫之地。大侯，即所射之布。揖辭讓，言射者之相揖相辭讓也。四句言大射之禮，見治世之景象，所謂先威後文也。尚，配也。魂若歸來，使其君爲三王之君，使其臣爲三王之臣，不止一身之顯榮也。已上五章所言，皆三王之政，皆於魂歸是望。以此爲招屈子，庶乎其一慰矣！

楚辭卷九

分寧胡濬源乙燈增注

男雲從會雲行凌雲翼作
姪友梅蘭内姪張奉仁　仝校字

遠遊第十

舊注：遠遊者，屈原之所作也。屈原既放，悲之之餘，眇觀宇宙，隘世俗之卑狹，悼年壽之不長，於是作爲此篇。

濬按：遠遊一篇，猶是離騷後半篇意，而文氣不及離騷深厚真實，疑漢人所擬。此亦如招魂之與大招，細玩却有不同。○此篇若以賦遊仙，則深洞玄旨，後世談脩鍊家言，斷無能出其右。若道屈子心，似反達懷，憂解憤釋矣。朱子病其直，非惟直也，病乃太認真。蓋離騷之遠逝，本非真心，不過無聊之極想；而兹篇太認真，轉成閒情逸致耳。餘辨詳前目録序。

悲世俗之迫阨兮，願輕舉而遠遊。質菲薄而無因兮，焉託乘而上浮？遭沈濁而汙穢兮，獨鬱結其誰語？夜耿耿而不寐兮，魂營營而至曙。惟天地之無窮兮，哀人生之長勤。往者余弗及兮，來者吾不聞。步徙倚而遥思兮，怊惝怳而永懷。意荒忽而流蕩兮，心愁悽而增悲。怊音超。惝，昌兩反。怳，吁往反。荒，上聲。之、灰、佳，古韻通用。

舊注：承上章言，因哀而思，因思而更悲也。

神儵忽而不反兮，形枯槁而獨留。内惟省以端操兮，求正氣之所由。

舊注：悲能傷人，故神散形衰，此神仙警世之語。内自持循，而求之於氣，乃學道人語也。

漠虚静以恬愉兮，澹無爲而自得。聞赤松之清虚兮，願承風乎遺則。

舊注：虚静、恬愉，澹漠無爲，則無思無悲，可以從赤松子遊矣。

濬按：願承赤松、王喬遺則，則不從彭咸遺則矣。豈合屈子意？

貴真人之休德兮，羡往世之登仙。與化去而不見兮，名聲著而日延。

舊注：言古來仙人雖化去，名聲長存也。○名聲著延，仙佛固不能脱於名根矣。豈獨吾儒之所謂「惡乎成名」、「疾没世而名不稱」者哉？許仙取而賓之，是至人無名之意也，然而聖賢皆當從有名始。

濬按：既登仙化去而名延，又謂氣變神奔與精皎，則聖賢忠孝，不亦名延而精神長存乎？即屈子一死，精神即不可知，其名不至今不没乎？此意似與屈子趣殊。

奇傅説之託辰星兮，羡韓衆之得一。形穆穆以浸遠兮，離人群而遁逸。

舊注：莊子：「傅説乘車維，騎箕、尾，而比于列星。」今尾上有傅説星是也。韓衆一作韓終，見列仙傳。形浸遠，即「與化去」之義。離人群，則無事長勤矣。

濬按：韓衆亦稱韓終，秦始皇時人，明見史記秦紀。在屈子之後，屈子何以得知而羡之？即此便見遠遊非屈子所作。◯始皇三十二年，使韓終、侯公、石生求仙人不死之藥。三十五年，乃亡去。始皇大怒，曰「今聞韓衆去不報，徐市等費以巨萬計，終不得藥，徒姦利相告」云云。按秦昭襄王十年，楚懷王入秦不返。又九年，屈子自沉。至始皇三十五年，已隔八十餘年。韓衆在後，不辨可知。韓衆又云韓終者，避始皇嫌名也。

因氣變而遂曾舉兮，忽神奔而鬼怪。時髣髴以遙見兮，精晈晈以往來。曾音增，怪、來，平去通韻。

舊注：上云不見，與化去也；此云遥見，與神俱也。去來隱見之際，仙凡之所以分也。

超氛埃而淑郵兮，終不返其故都。免衆患而不懼兮，世莫知其所如。郵，一作「尤」。

舊注：言如此可以遠塵氛而入善境，言仙去之樂也。

恐天時之代序兮，曜靈曅而西征。微霜降而下淪兮，悼芳草之先藷。聊仿佯而逍遥兮，永歷年而無成。誰可與玩斯遺芳兮，長鄉風而舒情。高陽邈以遠兮，余將焉所程？藷，一作「零」，古音力珍反。本入真韻，此則入青韻矣。仿音旁。鄉、向同。

舊注：此一節自歎其將老，而恐其學之不及也。

重曰：春秋忽其不淹兮，奚久留此故居？軒轅不可攀援兮，吾將從王喬而娛戲。湌六氣而飲沆瀣兮，漱正陽而含朝霞。保神明之清澄兮，精氣入而麤穢除。重，直用反。戲，古有呼音，不必叶音虛。沆，胡朗反。瀣音械。霞，古音胡。

舊注：六氣，陰陽四時正氣。沆瀣，北方夜半氣。正陽，南方日中氣也。朝霞，日始欲出赤黄氣也。

濬按：不過借仙以遣無聊可也，若「湌六氣」、「漱正陽」等語太真，此種話不似屈子心中所緊急，以下皆然。彼何等心而暇，念至此乎？須知屈子心中苟得「君之一悟，俗之一改」，雖真有白日飛冲，必不以易也。

順凱風以從遊兮，至南巢而壹息。見王子而宿之兮，審壹氣之和德。

舊注：南巢，南方鳳鳥之巢。宿，留止與信宿也。

曰：「道可受兮，而不可傳。其小無内兮，其大無垠。毋滑而魂兮，彼將自然。壹氣孔神兮，於中夜存。虚以待之兮，無爲之先。庶類以成兮，此德之門。」古韻本通，不必叶。滑音骨。

舊注：曰者，王子之言也。受，心受也。滑，亂也。能無亂其魂，斯壹氣存於中夜，又非可有所造作。一念不起而萬化自出，此正審壹氣之和德也。

濬按：談玄雖得秘旨，然在屈子尤不切事情。豈夫差所云「溺人必笑」乎？疑漢文景尚黄老時，悲屈子者託擬之以舒其憤也。

聞至貴而遂徂兮，忽乎吾將行。仍羽人於丹丘兮，留不死之舊鄉。

舊注： 先宿于王子，聞其至貴之言而遂去。仍，因就也。丹丘，晝夜常明之處。不死之鄉，仙靈所宅也。

朝濯髮於湯谷兮，夕晞余身兮九陽。吸飛泉之微液兮，懷琬琰之華英。湯音陽。琰音剡。英，古音央。

舊注： 湯谷見天問。九陽，謂湯谷上有扶木，九日居下枝，一日居上枝，九陽或謂下枝日也。日入爲飛泉。

玉色頩以脕顔兮，精神粹而始壯。質銷鑠以汋約兮，神要眇以淫放。頩，普丁、匹迴二反。脕、晚二音。眇本與妙同。壯、放自韻，不必叶作平聲。

舊注： 頩，美貌。脕，澤也。質銷鑠，所謂形解銷化也。汋約，柔弱貌，莊子「汋約若處子」。要眇，好貌。冰雪處子之人，神明媚好，不獨美在膚色矣。淫放，縱恣自如也。

濬按： 質銷鑠，既謂形解化，下何以又云載營魂登霞？則質當是顔色之粗質，變而汋約也。

嘉南州之炎德兮，麗桂樹之冬榮。出蕭條而無獸兮，野家漠其無人。載營魂而登霞兮，掩浮雲而上征。家與寂同，霞與遐同，古字借用。顧亭林曰：「人字本不通榮、成、征，然古人于耕、清、青韻中往往有讀入真、諄、臻韻者。」當由方音之不同也。

舊注：上四句記時物也。下二句言以此時昇仙而去也。魂魄，人所恃以爲生，而魄乃人之營呰，又魂所依以爲載者也。〇下二句即後世白日冲舉之說。

命天閽其開關兮，排閶闔而望予。召豐隆使先導兮，問大微之所居。集重陽入帝宮兮，造旬始而觀清都。朝發軔於太儀兮，夕始臨乎於微閭。予音與，此平上通韻也，一作「余」。太音泰。於，於其反，一作「微毋閭」。

舊注：此後皆言上征之事也。太微宮垣，在天之中。積陽爲天，天有九重，故曰重陽。旬始，星名。清都，帝之所居。太儀，天帝之庭。於微閭，幽州山名，周禮作「醫無閭」，東北之山。由天中而至東北也。

屯余車之萬乘兮，紛容與而並馳。駕八龍之婉婉兮，載雲旗之委蛇。溶，疑當作「容」。馳、蛇，音見離騷。婉婉，一作「蜿蜿」，音淵。

建雄虹之采旄兮，五色雜而炫燿。服偃蹇以低昂兮，驂連蜷以驕驁。

舊注：服，服馬也。偃蹇，馬悍貌，悍則其首不俯也。連蜷，局蹐也。

騎膠葛以雜亂兮，斑漫衍而方行。撰余轡而正策兮，吾將過乎句芒。騎，奇寄反。斑，疑當作「班」。漫，一作「曼」。

舊注：膠葛，雜亂貌。斑，駁文也。黄維章曰：「方行，結隊方軌之謂也。」○首句言從騎，二句言從人。漫衍，泮奂貌。句芒，木神，此言至東方也。

歷太皓以右轉兮，前飛廉以啓路。陽杲杲其未光兮，凌天地以徑度。

舊注：太皓，即太皞。

風伯爲余先驅兮，氛埃辟而清涼。鳳凰翼其承旂兮，遇蓐收乎西皇。

舊注：此言至西方也。其帝少皞，其神蓐收。西皇，即少昊也。

擥彗星目爲旍兮，舉斗柄以爲麾。叛陸離其上下兮，遊驚霧之流波。擥，一作「檻」。旍，即旌字。麾，古音許戈反。

舊注：麾，旗屬。叛，繚隸分散之貌。莊、騷同想。莊大宗師有「登天遊霧，撓挑無極」之語，此曰「遊驚霧之流波」。上下之際，非流波，又非驚霧，至人流覽之妙，固不足彷彿其萬一也。

旹曖𣉙其曭莽兮，召玄武而奔屬。後文昌使掌行兮，選署衆神以並轂。曖𣉙，音愛逮。曭音儻。屬音燭。

舊注：曖𣉙，暗昧也。曭，日不明也。玄武，北方宿。文昌星在北斗魁前。此言未至北方，召之從遊也。

路曼曼其脩遠兮，徐弭節而高厲。左雨師使徑待兮，右雷公而爲衛。

舊注：厲，憑陵之意。

欲度世以忘歸兮，意恣睢以担撟。内欣欣而自美兮，聊媮娛以淫樂。担，居桀反。撟音矯。樂，五教反。上、去通韻。

舊注：担撟，軒舉也。淫樂，樂之深也。下士聞道大笑之，不知其美也。道非其人不傳，獨喻其美而若以自美也。少陵詩「欣欣物自私」，意當本此。

涉青雲以汎濫遊兮，忽臨睨夫舊鄉。僕夫懷余心悲兮，邊馬顧而不行。

舊注：邊馬，兩驂也。按上言遊仙之樂，已欲忘歸，忽見舊鄉，不覺百端交集。止爲一念在君耳，有不願爲仙之意。

濬按：與離騷「陟陞皇」節同，然彼處竟住，便意味無窮；此處不止，淺深自分。且僕夫二句，改易數字，雖較顯暢，便不及騷之奇奧。

思故舊以想像兮，長太息而掩涕。氾容與而遐舉兮，聊抑志而自弭。

舊注：氾濫無定，容與不前，而此身尚在遐舉之中，非其欲也。是以又抑志而自弭，反覆戀舊之甚也。

指炎神而直馳兮，吾將往乎南疑。覽方外之荒忽兮，沛罔瀁而自浮。罔，摩朗反。瀁，以養反。浮，才老、晦翁俱叶就疑。○按古音牛讀疑，而疑亦讀牛，或方音之互轉也。周書、逸詩「取與不疑」與上柔韻，三畧「謀可深而不可疑」與上憂韻，服賦「何足以疑」與上浮、休、舟、游、憂韻，是疑自有牛音也。

舊注：南疑，即九疑。瀁罔，水盛貌。乘氣若浮水上也。

祝融戒而蹕御兮，騰告鸞鳥迎虙妃。張咸池奏承雲兮，二女御九韶歌。使湘靈鼓瑟兮，令海若舞馮夷。玄螭蟲象並出進兮，形蟉虯而逶蛇。雌蜺便娟以增撓兮，鸞鳥軒翥而翔飛。音樂博衍無終極兮，焉乃逝㠯徘徊。歌，才老、晦翁俱叶居支反。便，琵連反。撓，而照反。按古音蛇，徒河反。此隔句韻。妃與夷韻，歌與蛇韻，飛、佪自韻。

舊注：蹕御，禦止行人也。咸池、承雲，皆樂名。二女，娥皇、女英。九韶，舜樂。海若，神名。馮夷，河伯。令河、海之神共舞也。螭龍、蠡象、罔象，皆水中神物。蟉虯，盤曲貌。便娟，長嫋貌。撓，繞也。博衍，寬平之意。焉乃逝，欲去而又不能也。

舒并節以馳鶩兮，逴絶垠乎寒門。軼迅風於清源兮，從顓頊乎增冰。逴，敕角反。門、冰本不通，而楚語相混，殆用方音耶。

舊注：逴，遠也。絶垠，天之邊際。九陰之地爲寒門。軼，從後出前也。顓頊，北方帝。北地寒，故有積冰。

歷玄冥以邪徑兮，乘閒維以反顧。召黔嬴而見之兮，爲余先乎平路。

舊注：玄冥，北方之神。閒維，天有六間，地有四維也。黔嬴，造化神名，或曰水神。反顧，反顧故都也。平路，平反顧之路也。

經營四方兮，周流六漠。上至列缺兮，降望大壑。

舊注：六漠，六合也。列缺，天隙電照也。大壑，在渤海東，實惟無底之谷，名曰歸墟。四語總括通篇之遠遊也。

下峥嵘而無地兮，上寥廓而無天。視儵忽而無見兮，聽惝怳而無聞。超無爲以至清兮，與泰初而爲鄰。

舊注：列子：「泰初者，氣之始也。」又莊子：「泰初有無，無有無名。」

楚辭卷十

分寧胡濬源乙燈增注

男雲從 會雲行 凌雲作 雲翼　仝校字
姪友梅 蘭 內姪張奉仁

惜誓第十一

舊注：惜誓者，王逸云：「不知誰所作也。或云賈誼作，疑不能明也。」〇朱子云：惜誓者，漢梁太傅賈誼之所作也。誼，洛陽人。漢文帝聞其名，召爲博士，超遷至大中大夫，納其用言，議以任公卿之位。絳、灌之屬，毀誼「年少初學，顓欲擅權，紛亂諸事」。於是天子亦疏之，以誼爲長沙王太傅。三年復召，以爲梁太傅。數問以得失，多欲有所匡建。數年，梁王騎，墮馬死。誼自傷爲傅無狀，哭泣，歲餘亦死。死時，年三十三矣。史漢於誼傳不載此篇，故王逸雖謂或云誼作，而疑不能明。獨洪興祖以其間數語同弔屈原賦詞，遂信爲誼作。

濬按： 詞明是自惜、自誓，非賈誼作也。誼謫長沙，年纔二十餘。歲餘召還，拜梁王傅。居數年，梁王薨，又哭泣，歲餘乃卒，尚三十三歲耳。何以開篇便謂年老日衰乎？

惜余年老而日衰兮，歲忽忽而不反。登蒼天而高舉兮，歷衆山而日遠。觀江河之紆曲兮，離四海之霑濡。攀北極而一息兮，吸沆瀣以充虛。飛朱鳥使先驅兮，駕太乙之象輿。蒼龍蚴虬於左驂兮，白虎騁而爲右騑。建日月以爲蓋兮，載玉女於後車。馳騖於杳冥之中兮，休息虖崑崙之墟。蚴，於糾反。騑，朱叶芳無反。

舊注： 此承上設言高舉所經歷也。象輿，以象齒飾輿也。騑，亦驂也。玉女，青要、乘弋等也。

樂窮極而不厭兮，願從容虖神明。涉丹水而馳騁兮，右大夏之遺風。黄鵠之一舉兮，知山川之紆曲；再舉兮，睹天地之圜方。臨中國之衆人兮，託回飇乎尚羊。乃至少原之壄兮，赤松、王喬皆在旁。二子擁瑟而調均兮，余因稱乎清商。澹然而自樂兮，吸衆氣而翱翔。念我長生而久僊兮，不如反余之故鄉。風，朱叶孚光反。尚音常。圜、圓同。壄，古音墅。

舊注：願從容乎神明，願與神明俱遊戲也。丹水，赤水也，出崑崙。大夏，西南國名。一舉、再舉，天分高超，直從肺肝中流出，非刻畫苦思者所能到也。少原之壄，仙人所居。均，亦調也。國語：「律者，所以立均出度。」清商，歌曲名。

黃鵠後時而寄處兮，鴟梟羣而制之。神龍失水而陸居兮，爲螻螘之所裁。夫黃鵠神龍猶如此兮，況賢者之逢亂世哉！古韻通用，不必叶。

舊注：裁，制也。奇縱處賦家變體，東坡前赤壁賦深得此種筆意。

壽冉冉而日衰兮，固儃回而不息。俗流從而不止兮，衆枉聚而矯直。

舊注：枉者以直者爲枉，而欲矯揉之，其枉如一，乃以爲直也。袁粲療狂疾語當本於此。

或偷合而苟進兮，或隱居而深藏。苦稱量之不審兮，同權槩而就衡。量，平聲。衡，古音杭。

舊注：槩，平斛木。衡，平也。

或推迻而苟容兮，或直言之諤諤。傷誠是之不察兮，並紉茅絲以爲索。方世俗之幽昏兮，眩白黑之美惡。放山淵之龜玉兮，相與貴夫礫石。梅伯數諫而至醢兮，來革順志而用國。悲仁人之盡節兮，反爲小人之所賊。迻、移同。石，古音當署反，與上通。國、賊二字，别爲一韻，不與上叶。

舊注：合絲茅其爲索，忠佞並用之比。來，惡來。來與革皆紂佞臣。

比干忠諫而剖心兮，箕子披髮而佯狂。水背流而源竭兮，木去根而不長。非重軀以慮難兮，惜傷身之無功。功，朱叶音光。〇東韻讀入陽唐韻者，如宫、通、風、功等字，必古曾有此讀也。

舊注：「背流源竭」，疑當作「背源流竭」。王逸注云：「水背其原泉則枯竭。」似當時本未誤也。

已矣哉！獨不見夫鸞鳳之高翔兮，乃集大皇之壄。循四極而回周兮，見盛德而後下。

舊注：大皇之壄，大荒之藪也。回周，回旋。周，覽也。

彼聖人之神德兮，遠濁世而自藏。使麒麟可得羈而係兮，又何以異虖犬羊！

濬按：洪氏以此上數語與誼文相似，遂以爲誼作，非也。誼孫嘉嘗與史遷通書，不應獨忘此篇。

弔屈原第十二

舊注：弔屈原者，漢長沙王太傅賈誼之所作也。誼以獨謫去，意不自得，及過湘水，時屈原沉汨羅已百餘年數矣。誼追傷之，投書以弔，而因以自喻云。

恭承嘉惠兮，竢罪長沙。仄聞屈原兮，自湛汨羅。造託湘流兮，敬弔先生。遭世罔極兮，迺隕厥身。沙，古音涉。仄，古側字。湛，古沈字。

烏虖哀哉兮，逢時不祥。鸞鳳伏竄兮，鴟鴞翺翔。闒茸尊顯兮，讒諛得志。聖賢逆曳兮，方正倒置。謂隨夷溷兮，謂跖蹻廉。莫邪爲鈍兮，鉛刀爲銛。蹻，居畧反。鈍，史作「頓」。銛，息廉反。

于嗟默默，生之無故兮。斡棄周鼎，寶康瓠兮。騰駕罷牛，驂蹇驢兮。驥垂兩耳，服鹽車兮。章父薦屨，漸不可久兮。嗟苦先生，獨離此咎兮。斡音管。罷音疲。或曰「苦」當作「若」，易「則嗟若」。

舊注：生之無故，謂人虛生天地，若無故也。斡，轉也。康瓠，瓦盆底也。

誶曰：已矣！國其莫吾知乎，子獨壹鬱其誰語？鳳縹縹其高逝兮，夫固自引而遠去。襲九淵之神龍兮，沕淵潛以自珍。偭螇獺以隱處兮，夫豈從蝦與蛭螾？所貴聖之神德兮，遠濁世而自臧。使麒麟可係而羈兮，豈云異夫犬羊！誶音碎。沕音昧，又於筆反。蛭音質。螾音引，平、去通韻。臧，古藏字。

舊注：誶，告也，即亂辭也。縹，輕舉貌。沕，潛藏也。

濬按：其詞益憤，其旨益悲。

般紛紛其離此郵兮，亦夫子之故也。歷九州而相其君兮，何必懷此都也。鳳凰翔于千仞兮，覽德煇而下之。見細德之險微兮，遥增擊而去之。彼尋常之汙瀆兮，豈容吞舟之魚？橫江湖之鱣鯨兮，固將制乎螻螘。郵、尤同。故、都，平去通韻。下、去，上去通韻。魚、螘本不通，然方音有讀魚作弋支反者，當亦是平上通韻。竊疑古音支、魚亦有相通字也。

舊注：般，反也。同姓以一去存祀，惟微子方可無譏，他未可也。歷九州二語，尚非屈子知己。即賈生當漢文之世，欲舍而他往，得乎？況同姓哉！〇賈生亦是憤懣無聊，故作不知己之言，亦猶離騷之命靈氛，卜居之問詹尹，以百折不回之心，作狐疑不定之詞，正反言以決之耳。賈生豈真謂屈子當去哉！

服賦第十三

舊注：服賦者，賈誼之所作也。誼在長沙三年，有服鳥飛入誼舍，止於坐隅。服似鴞，不祥鳥也。誼以長沙卑溼處，自恐壽不得長，故特爲賦以自寬云。

濬按：此篇大旨出於莊子大宗師、達生等篇。

單閼之歲，四月孟夏。庚子日斜，服集余舍。止於坐隅，貌甚閒暇。夏，古音户。服，古音蒲北反。舍，古音暑。暇，古音户。

舊注： 太歲在卯曰單閼，文帝六年丁卯也。

濬按： 鵩對爲韓昌黎送窮所祖，亦出於莊鵬、鶡、風、蛇、蚿、鼉、鼈之類。

異物來崒，私怪其故。發書占之，讖言其度。曰：「野鳥入室，主人將去。」

舊注： 崒，聚也。

問於子服：「余去何之？吉虖告我，凶言其灾。淹速之度，語余其期。」速，去聲，音數。

舊注： 子服者，加之美稱也。

服乃太息，舉首奮翼。口不能言，請對以意。萬物變化，固亡休息。去、入通韻。

濬按： 形容有趣。

斡流而遷，或推而還。形氣轉續，變化而嬗。沕穆亡閒，胡可勝言。嬗與禪同。沕音物。

舊注： 斡，轉也。嬗，相傳與也。沕穆，深微貌。

禍兮福所倚，福兮禍所伏。憂喜聚門，吉凶同域。古韻通用。

舊注： 倚伏二句，老子之言。

彼吴疆大，夫差以敗。越棲會稽，句踐伯世。古韻通用。斯遊遂成，卒被五刑。傅説胥靡，乃相武丁。

舊注： 斯，李斯也。胥靡，連鎖役作也。

夫禍之與福，何異糾纆？命不可測，孰知其極？

舊注：糾，絞也。纆，索也。

水激則旱，矢激則遠。萬物回薄，震蕩相轉。旱與悍同。

雲蒸雨降，糾錯相紛。大鈞播物，坱圠無垠。坱，烏朗反。圠，烏黠反。

舊注：造瓦者謂所轉者爲鈞。言造化爲人，亦猶陶之造瓦，故謂之大鈞也。坱圠，方言注云：「不測也。」又無崖際貌。

天不可與慮，道不可與謀。遲速有命，烏識其時？謀，古音媒。

且夫天地爲鑪，造化爲工。陰陽爲炭，萬物爲銅。

舊注：以冶鑄爲喻，蓋莊子大宗師大冶鑄金一段意也。

合散消息，安有常則？千變萬化，未始有極。

忽然爲人，何足控揣？化爲異物，又何足患！揣音團。患音環。

舊注：控揣，玩弄愛惜之意。此段議論全祖莊子。莊「今一犯人之形，而曰『人耳，人耳』，造化必以爲不祥之人」，是爲人何足控摶也。浸假而化，左臂爲雞，右臂爲彈，尻以爲輪，神以爲馬，及鼠肝、蟲臂等語，是異物又何足患也。

小智自私，賤彼貴我。達人大觀，物亡不可。

貪夫狥財，列士狥名。夸者死權，品庶每生。

舊注：品庶，猶庶品也。每，貪也。

怵迫之徒，或趨西東。大人不曲，億變齊同。

舊注：怵，爲利所誘迫，爲勢所脅。趨西東，言所向不定也。

愚士繫俗，㑋若囚拘。至人遺物，獨與道俱。㑋音塊。

衆人惑惑，好惡積意。真人恬漠，獨與道息。息，古去聲，相二反。

舊注： 積意，言積之胸臆也。

釋智遺形，超然自喪。寥廓忽荒，與道翺翔。平、去通韻。

乘流則逝，得坎則止。縱軀委命，不私與己。

其生也若浮，其死也若休。澹虖若深淵之靚，氾虖若不繫之舟。靚與靜同。

不以生故自寶，養空而游。

舊注： 養空而游，若空舟也。

德人無累，知命不憂。細故芥蔕，何足以疑？按：古音牛讀疑，而周書逸詩疑韻柔，三畧疑韻憂。此疑字俱讀牛，當由方音之互轉也。

舊注：芥蒂，小草也。

招隱士第十四

舊注：招隱士者，淮南小山之所作也。淮南王安好古而愛士，招致賓客。八公之徒，分造詞賦，以類相從，或稱爲大山，或稱小山，如詩之有大、小雅焉。此篇視漢諸作中最爲高古，説者以爲託意以招屈原也。○又是篇用筆奇倔最怪，於文有猛獸奇鬼森然欲搏噬於人之勢，馮開之先生讀楚辭語極其推服，不誣。

桂樹叢生兮山之幽，偃蹇連蜷兮枝相繚。山氣巃嵸兮石嵯峨，谿谷嶄巖兮水曾波。猨狖群嘯兮虎豹嗥，攀援桂枝兮聊淹留。蜷音權。繚音了，又平、去二聲。巃，力孔反。嵸音總。嶄，鉏咸反。曾，一作「增」。○按此章三韻，幽從繚，留從嗥。古音尤幽入蕭宵，肴、豪通用也。

濬按：通篇音節變徵出調。

王孫遊兮不歸，春草生兮萋萋。歲暮兮不自聊，蟪蛄鳴兮啾啾。

舊注：原與楚同姓，故云王孫。蟪蛄，夏蟬。啾啾，衆聲。

坱兮軋，山曲岪，心淹留兮恫慌忽。罔兮沕，憭兮栗，虎豹穴，叢薄深林兮人上慄。

坱，烏朗反。軋，烏黠反。岪音佛。恫音通。慌，上聲。沕，覓筆反。憭音了。古音與質物、月、曷、黠、屑韻通用。

舊注：坱軋，相切磨之意。岪，亦曲也。慌忽，鬼神也。罔，失志貌。沕，潛藏也。○按坱軋，霧氣昧也。山曲岪，盤詰曲也。恫慌忽，心志惶惑也。罔兮沕，塵濁而精氣失也。憭兮栗[二]，心自傷也。人上慄，恐懼變色也。

嶔岑碕礒兮碅磳磈硊，樹輪相糾兮林木茷骫。青莎雜樹兮薠草靃靡，白鹿麏麚兮或騰或倚。狀貌崟崟兮峨峨，淒淒兮漇漇。獮猴兮熊羆，慕類兮以悲。岑音吟。倚音綺。礒，語綺反。碅，區倫反。磳，子登反。磈，苦美反。硊，魚毀反。茷音旆。骫音委。靃音髓。麏音君。麚音加。峨音蟻。蟻字，古音蛾。漇，疏綺反。

舊注：嶔岑、碕礒，山峻貌。硱磳、磈硊，石貌。輪，横枝也。茷，木枝葉盤紆貌。骫，骫骳，皮上聲。屈曲也。蘋草，似莎而大。靃靡，弱貌。漼，潤也。以上皆言山林傾危，草木茂盛，麋鹿所居，虎兕所行，不宜育道德、養性情，欲使屈原還歸郢也。〇按峵峵、峨峨，言其頭角之猙獰。淒淒、漼漼，言其皮毛之潤澤。

攀援桂枝兮聊淹留，虎豹鬬兮熊羆咆，禽獸駭兮亡其曹。王孫兮歸來，山中兮不可以久留。

【校記】

［一］栗，原作「慄」，據原文改。

圖書在版編目(CIP)數據

楚辭新注求確 / (清) 胡濬源撰;宋清秀點校. —
上海:上海古籍出版社,2019.6
(楚辭要籍叢刊)
ISBN 978-7-5325-9193-0

Ⅰ.①楚… Ⅱ.①胡… ②宋… Ⅲ.①楚辭研究
Ⅳ.①I207.223

中國版本圖書館 CIP 數據核字(2019)第 062950 號

楚辭要籍叢刊

楚辭新注求確

[清] 胡濬源 撰

宋清秀 點校

上海古籍出版社出版發行

(上海瑞金二路 272 號 郵政編碼 200020)

(1) 網址:www.guji.com.cn

(2) E-mail:guji1@guji.com.cn

(3) 易文網網址:www.ewen.co

上海展强印刷有限公司印刷

開本 850×1168 1/32 印張 9.125 插頁 4 字數 153,000

2019 年 6 月第 1 版 2019 年 6 月第 1 次印刷

印數:1—3,100

ISBN 978-7-5325-9193-0

I·3372 定價:42.00 元

如有質量問題,請與承印公司聯繫

電話:021-66366565